Heiko Fritz

Das Mysterium der Mühle

Für meine Frau Kathleen und Frau Christine Gehrts, die mich beide ermunterten und ermutigten, die folgenden Gedanken über die Arbeit des Müllers zu Papier zu bringen.

Zudem möchte ich Frau Annelise Krantz-Gross und Frau Felicitas Deubel recht herzlich für die kritische Durchsicht des Manuskripts und die so fruchtbaren „Ürsfelder Diskussionsrunden“ danken!

Literatur- und Medienwissenschaft Band 84

Heiko Fritz

Das Mysterium der Mühle

Mit einer Deutung der Geschehnisse in Otfried Preußlers Roman „Krabat“

Igel Verlag *Literaturwissenschaft*

Bibliographische Information der Deutschen Bibliothek:

Die Deutsche Bibliothek verzeichnet diese Publikation in *Der Deutschen Nationalbibliografie*; detaillierte bibliographische Daten sind im Internet über *http://dnb.ddb.de* abrufbar.

4. Auflage 2008
3. Auflage 2007
2. Auflage 2004
1. Auflage 2002

ISBN 978-3-89621-147-7

Das Wesen des Müllerhandwerks

Das Müllerhandwerk führt heute im alltäglichen Leben ein Randdasein. Es ist den Menschen kaum noch bewußt, daß es immer noch, wie seit Jahrhunderten, zahlreiche Mühlen gibt, die das Getreide zu Mehl mahlen, mit dem dann in den Bäckereien die Backwaren hergestellt werden.

Eine Mühle erinnert vielmehr an alte Zeiten. Und es ist ja tatsächlich so: wenn jemand einmal eine Mühle besichtigt, tritt er meist in ein sehr altes Gebäude, selbst wenn im Inneren moderne Müllereimaschinen stehen.

Daß in der Gegenwart das Müllerhandwerk im Alltagsbewußtsein der Menschen keine wesentliche Rolle mehr spielt, bemerken die Müller oft, wenn sie aus irgendeinem Grund ihren Beruf angeben müssen. Nicht selten wird ihnen, nach einem erstaunten Blick, darauf die Frage gestellt, ob es denn so einen Beruf wirklich noch gibt.

Wir modernen Zivilisationsmenschen sind es gewohnt, daß die Eßwaren fertig im Geschäft liegen. Was alles geschehen muß, bis das Endprodukt präsentiert werden kann, wird im allgemeinen kaum hinterfragt. Erst die bewußte Ernährung, die seit den letzten Jahrzehnten bei einigen Menschen eine nicht unwesentliche Rolle spielt, weckte das Interesse für den Produktionsprozeß, der die Lebensmittel erzeugt. Dabei wird jedoch das Geschehen in der Mühle oft nur insofern beleuchtet, als man eine Klarheit darüber erlangen will, ob eine hygienisch unbedenkliche Herstellung des Mehles gewährleistet ist, oder ob die Vermahlung von „biologisch angebautem“ Getreide ein Mehl hervorbringt, das weiterhin den Kriterien eines sogenannten „Bioproduktes“ entspricht.

Eine solch bedeutungslose Rolle im menschlichen Dasein spielten die Mühlen nicht immer. Ganz im Gegenteil, vor noch nicht allzu langer Zeit nahmen sie eine besondere Stellung im Leben der Gemeinschaft ein, wenn sie auch meist außerhalb der Dörfer standen. Sie galten als ein geheimnisvoller Ort, mit vielen charakteristischen Besonderheiten, was sich zum Beispiel in einer speziellen Rechtsordnung ausdrückte. Zudem wurde die Mühle manchmal zu einem Gotteshaus umgebaut, sie galt aber auch als eine Stätte des Teufels. Schließlich wurde bei ihr auch der Prostitution nachgegangen.

Es sind also eine Vielzahl von Phänomenen ganz unterschiedlicher Art, die eine spezifische Charakteristik der Mühle offenbaren.

Im Folgenden sollen die eben genannten einzelnen Züge genauer betrachtet werden. Sie erfahren in diesem Buch eine Vertiefung der Darstellung durch den vorangehenden Versuch einer möglichst weitreichenden Symbolisierung des Mahlverfahrens. Diese soll uns den Sinnzusammenhang der mitunter absonderlichen Eigentümlichkeiten offenbaren. Umgekehrt sollen aber diese Eigenarten die allgemeine Charakteristik des Wesensgehaltes der Mühle im nachhinein noch einmal bestätigen.

Im letzten Teil des Buches soll dann untersucht werden, ob der Symbolgehalt des Mahlens in der Mühle, wie ihn die Menschen der Vergangenheit offensichtlich verstanden, heute noch gilt. Und wenn ja, in welcher Form.

Kurzer Abriß der technologischen Entwicklung des Mahlverfahrens

Es gibt die verschiedenartigsten Mühlen. Die ursprünglichste und auch zahlenmäßig am häufigsten vorkommende ist die sogenannte Mehlmühle. Aber ebenso finden wir Ölmühlen, Gewürzmühlen oder Sägemühlen vor.

Das kennzeichnende Merkmal all dieser Mühlen ist der Trennungsvorgang. Beim Getreide soll die Schale (man nennt sie als separates Produkt Kleie) vom Mehlkern getrennt werden, in der Ölmühle wird aus der Pflanze das Öl herausgepreßt und bei der Sägemühle weist die Bezeichnung des Sägens schon auf die Teilung eines Ausgangsproduktes.

Wir wollen uns bei der Untersuchung über das Wesen des Mühlenhandwerks auf die Mühlen konzentrieren, in denen aus Getreide Mehl gewonnen wird, weil wir hier dem ältesten Mühlenverfahren begegnen, bei dem in umfassender Weise der Symbolgehalt zu Tage tritt. Weiterhin werden wir uns bei der Darlegung der charakteristischsten Aussagen der Vorgänge in einer Mühle auf den technologischen Prozeß konzentrieren und weniger auf bauliche Besonderheiten der Mühlen eingehen, weil letztere nicht direkt den Wesensgehalt einer Mühle zum Ausdruck bringen. Daß die Technik im Laufe ihrer Entwicklung die Stellung des Müllers zur Mühle erheblich verändert hat, wird dabei nicht mißachtet, beeinflußt aber die Aussage des Geschehens in der Mühle nicht. Dieses wird vom Müller lediglich aus einer anderen Perspektive betrachtet und erfahren. (Im letzten Kapitel werden wir näher darauf eingehen.)

Aber auch die verfahrenstechnische Entwicklung wird hier nur ganz grob beschrieben; eben soweit, wie sie für das Verständnis der folgenden Darstellung des Wesensgehaltes der Mühle notwendig ist. Dieser müßte sich natürlich auch in einer detaillierten fachspezifischen Untersuchung bewähren, jedoch für deren Herausarbeitung genügt ein kurzer Abriß der technologischen Mühlenentwicklung.

Die Art und Weise der Ausführung des Trennungsprozesses in den Mühlen, in denen Mehl gewonnen wird, ist über Jahrtausende dieselbe geblieben. Selbst die modernen Industriemühlen arbeiten heute noch weitgehend nach dieser Methode, indem das Getreide zuerst zerkleinert und danach durch Siebung das Mehl von den Schalenbestandteilen getrennt wird.

Anfangs wurde das Getreide lediglich zu Schrot zerstampft oder zerrieben, das heißt eine Absonderung des Mehles von der Schale wurde nicht vorgenommen.

„Die ersten Versuche des Getreidemahlens in einer sehr primitiven Form werden der Epoche der Jungsteinzeit (Neolithikum) zugeschrieben. Die Menschen dieser Zeit zerkleinerten um 4000 v. u. Z. die Körner verschiedener wildwachsender Getreidearten mit Hilfe von Mörsern oder Reibmühlen zu Mehl. Im Mörser, einem kugelstumpfförmigen Gefäß, wurden die Körner mit einer Reibekeule zerstoßen, während auf der Reibmühle zwischen zwei Steinen, dem flach ausgemuldeten Boden- und dem kugeligen Läuferstein, das Mahlgut zerrieben wurde." (Ptuschkina, „Rund um die Mühle", S. 11)

Das Prinzip der Reibmühle wurde in der Entwicklung der Mühlen beibehalten.

Mit der Zeit vergrößerten sich jedoch die Abmessungen der Steine, so daß es immer schwerer wurde, „sie von einem Menschen betreiben zu lassen. Im Laufe der Zeit vervollkommnete sich die Konstruktion der Mühlen, in dem oberen Stein [dem Läuferstein] wurde eine Öffnung zum Einschütten des Getreides angebracht, und für die Bewegung des oberen Steines über den [feststehenden] unteren wurde ein einfacher Hebel eingesetzt. Diese Erfindung stellte den Ausgangspunkt für weitere Verbesserungen der Geräte für die Mehlproduktion dar. Allmählich ging man von der Reibmühle zu primitiven Mahlgängen über." (ebd., S. 15)

Das bedeutete gleichzeitig, daß man nach einem andersgearteten Antrieb für den Mühlstein suchen mußte, weil der Kraftaufwand die Fähigkeit eines Menschen überstieg. „Und so erfolgte der Übergang zur Tiermühle. Die ersten archäologischen Funde von Mühlsteinen, die von Eseln angetrieben wurden, machte man auf Sizilien. Diese ersten 'Esels-Mühlen' gehören in die Zeit von 300 v. u. Z. Zu dieser Zeit hatten die Bäcker, die die Bevölkerung der griechischen und römischen Städte mit Brot versorgten, in ihren Bäckereien große Mühlsteine aufgestellt, die kontinuierlich durch im Kreis laufende Esel, Pferde oder Kamele mit zugebundenen Augen angetrieben wurden." (ebd., S. 15)

Der nächste Entwicklungsschritt in der Antriebstechnik der Mühlen war die Nutzung der Naturkräfte (Wasser und später auch Wind).

„Die ersten primitiven Wassermühlen arbeiteten ohne Getriebe. Der (obere) Läuferstein des Mahlganges und das mit brettartigen Schaufeln versehene horizontale Wasserrad sitzen auf ein und derselben vertikalen Welle." (ebd., S. 20) Der Durchsatz einer solchen Wassermühle betrug etwa 8-12 kg in der Stunde. Das ist eine erhebliche Leistungssteigerung gegenüber den Handreibmühlen, wo die Vermahlung von 8 kg Getreide 8 bis 10 Stunden dauerte. Erstmals tauchten im 2. und 1. Jahrhundert v. u. Z. „Wassermühlen in Kleinasien auf und dann auch in Rom. In Rom wurde die Konstruktion der Wassermühlen verbessert. Für ihren Antrieb verwendete man komplizierte Vorrichtungen: ein vertikal gestelltes Schaufelrad und ein hölzernes Winkelgetriebe, die die Bewegung auf den Mühlstein übertrugen." (ebd., S. 20)

Der Antrieb der Mühlsteine durch Windkraft wurde in Europa erst im Mittelalter eingeführt.

Zu dieser Zeit wurden auch Maschinen zur Siebung des Mahlgutes entwickelt. Schon sehr früh versuchten die Menschen, das Mehl von den Schalenteilchen zu trennen. Zunächst mit einem Handsieb. „In alten Urkunden werden die mit dem Sieb beschäftigten Leute meist 'die Scheider' genannt" (Gleisberg: „Das kleine Mühlenbuch", S. 28) „Dieser Absiebmethode war jedoch die sogenannte Selbstsortierung vorausgegangen. Es war bekannt, daß sich beim Schütteln von zerkleinerten Körnern die leichten Schalenteilchen oben sammeln und eine obere, dunklere Schicht bilden, die man periodisch entfernen kann. Diese Methode wird heute noch von Bewohnern einiger Länder Afrikas und Südamerikas angewandt." (Ptuschkina, S. 13)

Etwa um 1500 jedoch erfolgte dann die Siebung mechanisch.

„'Die Einrichtung, ein Sieb in Gestalt eines ausgespannten Beutels an die Mühle selbst anzubringen, in selbigem das Mehl, wenn es die Steine verläßt, fallen und den Beutel durch das Mühlwerk drehen und schütteln zu lassen, diese vorteilhafte Einrichtung ist erst Anfang des 16. Jahrhunderts bekannt geworden, welches man in etlichen Chroniken ausdrücklich angemerkt findet', schreibt Johannes Beckmann in seinen 'Beyträgen zur Geschichte der Erfindung' vom Jahre 1786" (Gleisberg, S. 28)

Nachdem die, heute würde man sagen, personalfreie Siebung eingeführt wurde, versuchte man, das Korn immer besser auszumahlen, um möglichst den gesamten Mehlkern von der Schale zu trennen. (Vorher backte man aus dem feinen Schrot des Mahlvorganges „ein grob, dick, schwarz und treiges Brot" (ebd., S. 29); es wurden also alle Kornbestandteile verwendet.)

So entstanden sogenannte Rückschüttmühlen. In ihnen wurde der einmal gewonnene Schrot nach Absiebung des Mehles nochmals in den Mahlgang geschüttet.

„Eine qualitativ neue Etappe in der Entwicklung der Mühlentechnik bildet die Schaffung von Förderelementen zum horizontalen und vertikalen Produkttransport (Produktion nach dem Fließprinzip)." (Ptuschkina, S. 22f.) Das ermöglichte eine Kopplung von mehreren Mahlgängen. Zwar waren vorher in größeren Mühlen auch schon mehrere Mühlsteinpaare vorzufinden, sie arbeiteten aber separat. Jedoch „1795 entwickelte und baute der amerikanische Ingenieur Oliver Evans eine automatische Wassermühle, die als Prototyp einer Industriemühle nach dem Fließprinzip angesehen wird. In der Mühle von Evans wurden die Maschinen auf zwei Böden (Stockwerken) aufgestellt, die es ermöglichten, mit Hilfe von einfachen Fördereinrichtungen einen hintereinander ablaufenden Arbeitsgang unter Anwendung des Prinzips der Schwerkraft mittels Laufrohr durchzuführen: Wiegen, Bürsten der Kornoberfläche mit teilweiser Entfernung der Schale, Wind- und Siebreinigung, Vermahlung, Absieben des Mehles und Absacken [das heißt, das Einfüllen des Mehles in einen Sack]." (ebd., S. 23)

Die mechanische Automatisierung der Mühle und die dazu erforderliche Einsetzung von separaten Siebmaschinen, sogenannter Sechskantzylinder oder freischwingender Plansichter, bei denen ein Stapel von Sieben in eine Kreisbewegung gebracht wird, ließ auch eine bessere Trennung der Produkte zu, die nach jedem Mahlgang gewonnen werden. Das gemahlene Gut wurde jetzt in Schrot, Grieß bzw. Dunst (feiner, schon etwas mehliger Grieß) und Mehl geschieden und der Grieß oder Dunst und der Schrot in jeweils gesonderten Mahlgängen ausgemahlen. Der Schrot wird dann in speziellen Schrotgängen vermahlen, mit einer groben Riffelung der Mahlsteine, und der Grieß in speziellen Grießgängen, mit feiner Riffelung.

„Die wichtigste Erfindung für die spätere Entwicklung der Mühle war der Walzenstuhl, der den Mühlstein ersetzte. 1829 wurde auf Ersuchen des in Warschau lebenden Bürgers Mark Müller diesem das Privileg für eine von ihm vervollkommnete Mahlmühle erteilt ... Die Mühle bestand aus zwei Walzen, die sich unabhängig (in selber Drehrichtung) mit gleicher oder unterschiedlicher Geschwindigkeit drehten. Beinahe ein halbes Jahrhundert verging im angespannten Kampf zwischen den Besitzern von Walzen- und Steinmühlen. Besonders hartnäkkig verhielten sich die Müller in Frankreich gegen die Einführung der Walzenstühle, wo die besten Mühlsteine in Europa aus Quarz hergestellt wurden.“ (ebd., S. 24)

Die Einführung des Walzenstuhls erlaubte jetzt ein noch besseres kontinuierliches Mahlen, womit der Weg geebnet war für die Industrialisierung der Mühlen. Außerdem war damit ein sehr differenziertes Arbeiten möglich. Die Riffelung ist bei den Walzen wesentlich feiner als bei den Mühlsteinen, was eine sehr genaue Zerkleinerung zuläßt. Somit ist, auch dank einer besseren Siebung, eine intensivere Trennung von Schale und Mehlkern durchführbar. Zudem kann nun auch der Grieß schonender zu Mehl verarbeitet werden, indem er zwischen Glattwalzen (Walzen ohne Riffeln, mit einer aufgerauhten Fläche) gequetscht wird (oder aufgelöst, wie es in der Fachsprache heißt). Die feinere Riffelung der Walzen gewährleistet ebenfalls eine bessere Ausmahlung des schalenhaltigen Mehles.

Die Trennung in Schrot, Grieß, Dunst, schalenhaltiges Mehl und letztlich das „weiße“ Mehl wird vom ersten Schrotgang in den Siebmaschinen (heute sind das ausschließlich freischwingende Plansichter) vorgenommen und erlaubt eine gezielte Weiterverarbeitung der jeweiligen Materialien.

Nach jedem Mahlgang gewinnt man Mehl mit unterschiedlicher Helligkeit, das heißt mit unterschiedlichem Mineralstoffgehalt (Schalenanteil). Aus diesem Gehalt ergeben sich die Mehltypen, die seit ca. 1930 zur Unterscheidung der verschiedenen Mehle verwendet werden. Mehltyp „405“ hat zum Beispiel einen Mineralstoffanteil von 0,405%, oder der Roggenmehltyp „1150“ einen Schalenanteil im Mehl von 1,150 % usw. Die aus jedem Mahlgang gewonnenen Mehle werden nun, nach ihrem Mineralstoffgehalt sortiert, in die jeweils entsprechenden Mehlsilos gefördert. Dabei trennt man das Mehl meist in drei Mehltypen: das „405-Mehl“, ein helles Mehl (meist „550-Mehl“) und ein dunkles Mehl (in der Regel dunkler als „1600“). Es sind aber ebenso andere Variationen möglich und werden auch in den Mühlen praktiziert. Von diesen Mehlsilos aus kann man sich dann die verschiedensten Mehltypen zusammenmischen.

Früher nannte man die Silozellen, in denen das Mehl gelagert wird, Mehlkisten, weil sie ausschließlich aus Holz bestanden. Heute haben wir auch Metallzellen, Betonzellen oder Zellen aus Glasfiber und anderem Material.

Die Bewegtheit in der Mühle

Kehren wir zum Ausgangsgedanken zurück. Wir sahen bisher, daß egal auf welcher technischen Entwicklungsstufe eine Mühle steht, immer die Zerkleinerung und die Trennung der aus der Mahlung gewonnenen Produkte die entscheidenden Bestandteile des Arbeitsprozesses waren. Somit müssen wir in diesen beiden Charakteristiken den Wesensgehalt der Mühle suchen.

Fragt man sich, was beide Vorgänge gemeinsam haben, so ist festzustellen, daß sich beide Arbeitsgänge durch die Bewegung auszeichnen. Bei der Zerkleinerung muß sich der Mühlstein, beim Walzenstuhl müssen sich die Walzen bewegen (drehen), und bei der Siebung muß das Sieb in Bewegung sein, soll das Gut auf ihm sortiert werden.

Jedem fällt auch sofort auf, wenn er eine Mühle betritt, die gerade arbeitet, daß alles in Bewegung ist: ob die Maschinenteile oder das Mahlgut, ja auch der Müller. Es ist selbst heute noch in den modernen

Mühlen kennzeichnend für den Müllerberuf, daß der Müller sehr viel laufen muß. Das drückt eben das bekannte Volkslied „Das Wandern ist des Müllers Lust“ aus. Es berichtet zunächst von der Notwendigkeit der Wanderjahre eines Gesellen, um das Müllerhandwerk tatsächlich zu erlernen, indem er nicht nur die Fähigkeit erlangt, seine Lehrmühle zu führen, sondern sein müllerisches Wissen ebenfalls in anderen Mühlen anzuwenden. Das ist sehr wichtig, weil jede Mühle trotz der ähnlichen technologischen Verfahrensweise immer bauliche Besonderheiten hat, die eine andere Arbeitsweise des Müllers nach sich ziehen. Ein Geselle ist nur dann ein guter Müller, wenn er nach einer gewissen Einarbeitungszeit in jeder Mühle selbständig arbeiten kann.

Zu diesem praktischen Erfordernis der Wanderjahre des Müllergesellen kommt noch ein anderes hinzu. Bei der Wanderung des Gesellen von Mühle zu Mühle erlebt er gerade die Wesentlichkeit der Mühle, nämlich daß sie ständig in Bewegung sein muß. Das führt im Fall der Wanderung zwar zu einer beständigen Veränderung, indem der Geselle immer neue Mühlen sieht, aber er führt jedesmal dieselbe Tätigkeit aus, eben die des Müllers, mit dem immer gleichen Ziel, Mehl zu gewinnen.

Wir sehen hier schon, daß das Neue, um erscheinen zu können, nicht unbedingt das Alte vollständig beseitigen (vernichten) muß, sondern daß es dieses vielmehr als aufgehobenes Moment mit sich führt. Das bedeutet auf unseren Sachverhalt bezogen, daß der Geselle bei seiner Arbeit in einer neuen Mühle die Erfahrung, die er in den vorhergehenden Mühlen gesammelt hat, mit nutzen kann, oder anders formuliert: die Erlebnisse mit den anderen Mühlen spielen im Umgang mit der gerade geführten Mühle eine gewichtige Rolle, sie sind Momente des neuen Ereignisses.

Die Notwendigkeit der stetigen Bewegung in der Mühle zeigt sich auch beim Antrieb der Mühle. Dieser wurde bis zur Nutzung des elektrischen Stroms fast ausschließlich durch Naturkräfte bewirkt, die selbst in unaufhörlichen Schwingungen leben, wie die Luft für die Windmühle und das Wasser für die mit Wasserrädern und später mit Turbinen angetriebenen Mühlen. Davon berichtet das Lied „Das Wandern ist des Müllers Lust“ ebenfalls, indem es in der zweiten Strophe heißt:

„Vom Wasser haben wir's gelernt, vom Wasser.
Das hat nicht Ruh bei Tag und Nacht,
ist stets auf Wanderschaft bedacht, das Wasser.“

Und der Text von Wilhelm Müller weist dann in der dritten Strophe direkt auf das Übertragungselement, das die lebendige Kraft der Natur aufnimmt und in die Mühle überträgt: die Räder (Wasser- und Windräder).

„Das sehn wir auch den Rädern ab, den Rädern,
die gar nicht gerne stille stehn
und sich mein Tag nicht müde drehn, die Räder."

Von den Rädern wird die stetige Bewegung an die Mühlsteine weitergeleitet:

„Die Steine selbst, so schwer sie sind, die Steine,
sie tanzen mit den muntern Reih'n
und wollen gar noch schneller sein, die Steine."

Und sie ermöglichen in ihrem kontinuierlichen Drehen, daß das Mahlgut zerkleinert werden kann.

Die Wichtigkeit der Bewegtheit in der Mühle, die in diesem bekannten Volkslied besungen wird, findet ihre Entsprechung in dem heute noch vorherrschenden Unbehagen, das der Müller spürt, wenn eine Mühle nicht „läuft" (der Müller sagt von einer Mühle die mahlt, „sie läuft").

Damit zeigt sich eine Analogie zwischen der unaufhörlichen Lebensbewegung und dem beständigen Mahlen in der Mühle. Genauso wie das Leben beständig fortschreitet, egal welche Umstände vorherrschen und wirken, ebenso soll auch die Mühle Tag und Nacht arbeiten. Ganz gleich ob Werktag oder Feiertag, eine Mühle sollte immer in Bewegung sein, wie es in einem anderen bekannten Volkslied von E. Anschütz besungen wird:

„Es klappert die Mühle am rauschenden Bach, klipp, klapp!
Bei Tag und bei Nacht ist der Müller stets wach, klipp, klapp!
Er mahlt das Korn zu kräftigem Brot,
und haben wir welches, so hat's keine Not,
klipp, klapp! Klipp klapp! Klipp klapp!"

Dieses Lied weist darauf hin, daß nur in der beständigen Arbeit der Mühle das Weiterleben gesichert ist, weil dann ausreichend Nahrung bereitgestellt werden kann. Eine ruhende Mühle, in der das sonst unaufhörlich dröhnende Geräusch fehlt, hat für den Müller etwas Gespenstisches. Sie gleicht dann einem Schiffswrack, das gestrandet am Ufer liegt und nur noch sein Skelett präsentiert, das ohne Leben ist. Wen wundert es, daß der Müller eine erleichternde Genugtuung empfindet, sobald er eine stehende Mühle wieder „anfahren“ kann.

Die Überzeugung, daß die Mühlen möglichst ohne Unterbrechung arbeiten sollen, reicht bis in die jetzige Zeit. Natürlich hat das mittlerweile vorwiegend ökonomische Gründe; es ist ganz einfach wirtschaftlicher, zumal die modernen Mühlen in der Nacht zum Teil ohne Personal „laufen“.

Kreisbewegung

Wir haben bisher erkannt, daß die Bewegung eine unabdingbare Voraussetzung für die Lebendigkeit in der Mühle ist. Nun ist jede Bewegung „eine Form der Veränderung, jede Veränderung auch eine Wandlung, jede Wandlung kann sich im Lichte des Gehens und Kommens, Schwindens und Wachsens, des Vergehens und Entstehens darstellen.“ (Klages: „Der Geist als Widersacher der Seele“, 1981, S. 1412) Trifft das auch auf die Mühle zu?

Um diese Frage beantworten zu können, müssen die Bewegungen, die in einer Mühle stattfinden, genauer bestimmt werden. Und betrachten wir die Arbeitsgänge des Zerkleinerns und des Siebens, so gewahren wir, daß bei der Bewegung der entsprechenden Maschinenteile immer ein Kreis beschrieben wird. Wir haben es in der Mühle also hauptsächlich mit einer Drehbewegung zu tun. Beim Mahlstein ist das äußerlich wahrzunehmen, indem sich der obere Stein, der „Läufer“, für unser Auge sichtbar, dreht. Allein die runde Form der Mühlsteine weist schon darauf hin. Aber auch wenn sich die äußere Ansicht der Zerkleinerungs- bzw. Siebmaschinen in einer Kastenform präsentiert, wie die des Walzenstuhles oder des Plansichters, entdecken wir entweder bei den eigentlichen Arbeitselementen die Drehbewegung, im Walzenstuhl sind es die Walzen, oder das gesamte Gerät wird in eine Kreisbewegung gebracht, wie beim Plansichter.

Nun war der Kreis bzw. die Kreisbewegung bei den frühzeitlichen Menschen ein Lebenssymbol. Für die Sioux-Indianer zum Beispiel spielte der Kreis als „Fundament der Himmelskuppe und zugleich Grenze der viergeteilten Erde ... eine unübersehbare Rolle“ (Müller: „Glauben und Denken der Sioux“, S. 203) Jedoch keineswegs bloß räumlich symbolisierte der archaische Mensch die Kreisform, sie wurde vielmehr auch zeitlich nachempfunden, so zum Beispiel bei den Lebensläufen der Naturerscheinungen.

„In ... Kreisläufen kehren alle Fliehenden immerdar in die Geburtsnacht zurück. Die Erde trinkt Regen aus wassergeborenen Wolken, und wie der Tropfen im Meere, so stirbt das taghelle Heute unaufhörlich im Dunkel der Vergangenheit.“ (Klages: „Rhythmen und Runen“, 1944, S. 271)

Der Kreislauf gilt also gleichfalls für die Sonne, die mit ihrer von der Erde aus betrachteten Bewegung für den beständigen Umschwung von Tag und Nacht sorgt. Und auch die Jahreszeiten wechseln sich in beständigem Reigen ab. Wenn nach dem Frühling der Sommer mit seiner Ernte folgt und der Herbst das natürliche Leben zu einer relativen Ruhe kommen läßt, die dann im Winter vorherrscht, so bringt nach der kalten Jahreszeit der Frühling alles wieder zum Blühen. Die Menschen erleben also einen Jahresring, und mit dem Ende eines Jahres ist der Anfang des neuen schon wieder gesetzt.

Es verwundert demnach nicht, daß die Urvölker nicht nur die Naturphänomene, sondern ebenfalls ihr Leben als einen Kreislauf betrachteten, wo der Schluß des Lebens mit einem neuerlichen Beginn zusammenfällt, denn bei ihnen war allein schon „jeder Augenblick ... ursachenloses Ende als schöpferischer Neubeginn.“ (Klages 1981, S. 857) Also „kann der Tod nicht mehr bloßes Enden“ sein, sondern muß „vornehmlich ein neues Beginnen bedeuten (wenn auch, wie hier schon vorbemerkt sei, unter gar keinen Umständen des sterblichen Einzelwesens!)“ (ebd., S. 1328) Dementsprechend sind Entstehen und Vergehen bzw. „Geborenwerden und Sterben Durchgangsaugenblicke auf der Linie des Kreises, wo jedes Ende den Anhub einer eben beginnenden, jeder Anfang den Abschluß und die Voll-Endung einer schon durchlaufenen Bewegung bezeichnet.“ (ebd.)

Jedoch in der Mühle ist nicht nur bei der unmittelbaren Verarbeitung des Kornes die Kreisbewegung typisch, sondern auch bei der Erzeugung und Übertragung der Kräfte, die notwendig sind, um sie zum „Laufen“ zu bringen.

Hier fallen sofort die Wind- und Wasserräder auf, deren Kreisung durch Wellen und Winkelgetriebe entweder direkt auf den Mahlgang weitergeleitet wird, oder die Kraftübertragung geschieht mit Hilfe einer Transmission, wo mit Lederriemen eine Verbindung zwischen der

Transmissionswelle und den Mühlenmaschinen hergestellt wird. (Heute sind es vornehmlich Elektromotoren, die den Antrieb in der Mühle bewerkstelligen, aber selbst sie führen eine Drehbewegung aus, die über Keilriemen zur Maschine weitergeleitet wird.)

Das Rad war ursprünglich das Symbol entfesselter Lebendigkeit. „Es zeigt den Doppelzwang des Werdens und Vergehens, dem alles Entstandene verfallen ist, als eines Umschwungs wechselndes Hälftenpaar." (Klages 1944, S. 397). Verwandlung wäre nach dieser Auffassung der Sinn des Lebens, denn „hinter Kampf und Wechsel steht geheime Einigkeit" (ebd., S. 398).

Diese gegenseitige Ablösung von Tod und Leben, die das Leben, wie ebenso den Tod, erst ermöglicht, wurde in der Vorzeit durch Feste und Bräuche zur Darstellung gebracht. Sie würden uns ohne das Wissen der notwendigen Wandlungen, dem beständigen Wechsel der Pole, der eben auch das Rad erst in Bewegung bringt, unverständlich erscheinen, denn zum Beispiel „Klagen des Untergangs umkreisen" bei den Alten „das neugeborene Kind, Bilder der Zeugebrunst aber starren von den Wänden der Grabgemächer; den Seelen der Toten bringt man bei der Hochzeit Spendeguß und wiederum läßt sich zu blutiger Opferung todeswillig der Schönste führen." (ebd.)

Was im Kreis zum Vorschein kam, daß Anfang und Ende keine unaufhebbaren Gegensätze sind, sondern in ihrer Verschiedenheit einander bedingen, kommt im Rad als notwendiges Wechselspiel zum Ausdruck, wenn Leben, also Lebensbewegung, überhaupt möglich sein soll. In der Kreislinie, wie auch der des Rades, kommt das „ewige Zurückkehren der Schöpfung auf sich selbst" zur Anschauung, „jenes Ineinanderruhen von Ende und Anfang" (Bachofen: „Versuch über die Gräbersymbolik der Alten", 1954, S. 153). Nur in dieser Geschlossenheit gewahren wir die Unendlichkeit, „welche aus der ewigen Verjüngung des Lebens mit Hilfe des Todes hervorgeht." (ebd.)

Wir sprachen schon davon, daß in den alten Mühlen der Antrieb für die erforderliche Beweglichkeit durch die Lebendigkeit bestimmter Naturerscheinungen übertragen wurde, wie beispielsweise das Wasser. Wenn nun, wie bereits angedeutet, die Verbindung von Leben und Tod in der Mühlenarbeit zum Ausdruck kommt, dann liegt es nahe, daß diese schon von den Naturkräften herrührt, die die Tätigkeit in der Mühle erst gewährleisten.

Betrachten wir zunächst den Fluß, dessen Strömung die Wassermühlen antreibt. In ihm sehen wir das nie ruhende Element, aber in einer „dauerlosen Sichtbarkeit“ (Klages 1944, S. 401). Das bedeutet jedoch umgekehrt, richteten wir unseren Blick auf einen festen Punkt im Fluß, würden wir bemerken, wie eine Menge Wasser, die den fixierten Punkt ausfüllt, von der folgenden abgelöst wird und diese ebenso schnell verschwindet, um der ihr nachkommenden Platz zu machen; und das ginge immer so weiter. Demnach ist die Feststellung richtig: „Der unaufhörlich fließende Strom der Entstehung wird nie stille stehen so wenig als der ihm entgegenfließende Strom des Unterganges. “ (ebd., S. 412) Wir gewahren also am unaufhörlich sich bewegenden Wasser, „daß dieser Strom des Entstehens selbst der Strom des Vergehens ist“ (ebd.), das heißt unter anderem, der „Strom des Vergehens läuft in sich selbst zurück ... Das Grab, das Leben um Leben schlingt, es ist die Wiege auch, der Weidenkorb, auf schwankender Welle den neugeborenen Knaben schaukelnd.“ (ebd., S. 413)

Ähnliches können wir vom Wind berichten, der die Windmühlen antreibt. Er steht gleichfalls für die Bewegtheit des Lebens. Wir empfinden es im negativen Sinn selber, daß eine völlig windstille Naturlandschaft wie tot wirkt. Schon das leiseste Lüftchen gibt dem Bild Lebendigkeit. Und ein Sturm zeigt uns die Gewalten des Lebens mit seinen mächtigen Schicksalsschwingen, die uns in diesem Fall drohend erscheinen. Darum glaubte man vor noch nicht allzu langer Zeit, „daß sich ein Sturm erhebe, wenn sich jemand erhängt, und sich erst nach dessen Bestattung legt. ‘Welcher Lump mag sich nun wieder erhängt haben!’ sagt man am Lechrain bei plötzlich losbrechendem Sturm. So sauste einmal an Hans Sachs im Walde bei Osnabrück das wütende Heer der kleinen Diebe vorbei, das aus lauter Erhängten bestand, und darunter ein erst desselbigen Tags Gehenkter, mit dem er sich in ein Gespräch einließ, fuhr dahin ‘als ein scharpfer Wind’. In Schwaben fahren auch die im Rausch Gestorbenen mit dem Muetisheer d.h. dem stürmischen wilden Heer. Von den Geistern Verstorbener heißt es in England, daß sie Hindernisse auf ihrem Weg umwerfen wie ‘a furious whirlwind’. Rührend ist, daß eine im Kindbett und noch dazu ohne Beichte, also mit doppelt unruhiger Seele gestorbene Frau im Wirbelwind dahinfliegt. Dagegen wenn ein Mensch ruhig verscheidet, bewegt sich nach Schweizer Glauben die Luft im Sterbezimmer mit leisem Wehen.“ (Meyer: „Mythologie der Germanen“, S. 72f.)

Die Windnatur wird bei den alten Germanen mit der Seele verglichen und die „Seele ist nach germanischer Anschauung vor allem das Bewegliche.“ (ebd., S. 72)

Die Analogie von Seele und Wind läßt sich auch in den indischen Glaubensvorstellungen aufzeigen. „Besonders bemerkenswert ist (hierbei) eine ... indische Wortbildung; zu ániti = ‘atmet’ und ánila = ‘Atem, Hauch, Wind’ wurde mit der Vorsilbe pra- das Wort prana gebildet (aus pra-ana) - mit dem primären Sinn ‘Atem, Lebensgeist, Windstoß’, dazu ferner ‘Macht’ und ‘Kraft’ und andere Bedeutungsentfaltungen in der Philosophie: Seele, Energie, Mana, Od - ein heute weltweit verwendeter, höchst anregender Begriff.

Ein anderes Hauchwort, das in seiner indischen Form hohen philosophischen Rang erreicht hat, gehört etymologisch sehr wahrscheinlich nicht in die eben behandelte Sippe: Atman, das mit deutsch Odem, Atem urverwandt ist und das sich bedeutungsmäßig zu Seele, Leben, Selbst, Wesen, Natur, Verstand, Vernunft, Weltseele entfaltet hat. Bemerkenswert ist, daß ‘Atem’ bei uns vor tausend Jahren eine ähnliche Richtung eingeschlagen hat. Es bezeichnete das Wehen des Windes und den menschlichen Atem und diente, als Übertragung des lateinischen Wortes *spiritus* sowohl dazu, dämonische Geister wie auch den Hauch und Geist Gottes zu bezeichnen.“ (Gehrts: „Von der Wirklichkeit der Märchen“, S. 83f.). Die ursprünglich nahe Verwandtschaft der Bezeichnungen Atem, Seele und Leben finden wir auch in vielen Mythen und Märchen dargestellt, wo oft einem Menschen der Atem eingehaucht wird, wenn er zum Leben erweckt werden soll, was gleichzeitig bedeutet, daß er von diesem Augenblick an auch eine Seele besitzt. Noch die jüdisch-christliche Überlieferung kennt den Zusammenhang von Atem und Lebenserweckung. Im 1. Buch Moses schuf „Gott der Herr den Menschen aus Erde vom Acker und blies ihm den Odem des Lebens in die Nase.“ (1. Moses 1.2 -7)

Doch kehren wir zum Symbolgehalt des Windes zurück. Es gibt in der germanischen Mythologie eine „Göttergestalt, an der das gesamte innere und äußere Wesen des Windes, die schöpferische Tiefe und aufwühlende, weiträumige Bewegtheit, in seiner ganzen Fülle sichtbar wird“, nämlich beim nordischen „Odin“. Er wird auch Allvater genannt (alfödhr), und er gilt als der Erfinder aller Künste und Fertigkeiten.“ Der alte Norden kannte „viele Namen, die Odin unter anderem als Zauberer, als Weitfahrer, als Windesherrn und Sturmerreger benennen" (Gehrts, S. 86).

Kurzum, der Wind ist demnach wie das Wasser mit der Bewegung und damit allgemein mit der Lebensbewegung vergleichbar. Letzteres erhält im Pendeln zwischen den Polen des Lebens und des Todes seine „unendliche" Bewegtheit.

Leben und Tod

Wir haben bisher versucht, einige Phänomene, die zur Mühle gehören, in ihrer wesenhaften Aussage für den Menschen zu analysieren, um Ansatzpunkte zu haben, die uns den Gehalt des Geschehens in der Mühle offenbaren. Wir sahen, daß die Mühlenmaschinen sowie die Übertragungselemente für den Antrieb dieser Maschinen, wie auch die Naturerscheinungen, die ursprünglich für die Triebkraft in der Mühle sorgten, sich durch die beständige Bewegung charakterisieren, soll in der Mühle Leben sein. Gleichfalls stellten wir fest, daß es sich vorzüglich um Kreisbewegungen handelt, die die Zerkleinerung des Getreides und die Trennung des Mehles von den Schalenbestandteilen gewährleisten, und daß die alten Völker eben in dieser Kreisbewegung den unaufhörlichen Fortlauf des Lebens erkannten, weil im Kreis das Ende mit dem Anfang, wie der Anfang mit dem Ende zusammenfällt, das Leben sich also durch den unaufhörlichen Prozeß von Sterben und Geborenwerden „ewig" verjüngt.

Diese unauflösliche Beziehung ist den meisten Menschen der Gegenwart oft unverständlich. Für sie steht das „Da-Sein" und in erster Linie die Einzelexistenz als wichtigstes Kriterium im Mittelpunkt. Nur in ihrer Individualität sehen sie einen Sinn. Der Tod selbst erscheint als sinnlos und wird entweder verdrängt oder bekämpft.

Dabei reicht schon die eigene unmittelbare Erfahrung der einzelnen Person aus, um die notwendige Einheit von Leben und Tod einzusehen, denn jeder Mensch benötigt zum Beispiel den todesähnlichen Schlaf, um am Tag lebendig zu sein. Es gäbe keine Tagesaktivität ohne die Ruhe der Nacht. Das Anheimfallen des Lebewesens in die Finsternis des Schlafes sichert die Regeneration der seelischen und damit auch der leiblichen und geistigen Kräfte. Nur durch die Nachtruhe kann der Mensch die Helle des Daseins überhaupt erleben. Ohne sie wären seine

Energien schnell aufgebraucht, wiewohl auch der Nacht wie dem Tod der Kampf angesagt wird.

In der Zivilisation wird die dunkle Nacht nicht ertragen. Ein Meer von elektrischen Lichtern soll diese nicht nur aus den Häusern verscheuchen, sondern gleichfalls von den Straßen. Das beschränkt sich keineswegs mehr allein auf die Stadt, sondern mittlerweile wird sogar in den Dörfern die Dunkelheit ausgestrahlt.

Außerdem ist die produktive Arbeit kein ausschließliches Tageswerk mehr, es wird auch in der Nacht gearbeitet. Im Idealfall übernimmt die elektrische Steuerung in dieser Zeit die Produktion des Menschen, wie zum Beispiel in einigen modernen Mühlen. Das bedeutet jedoch keine Trendwende hin zu einer Akzeptanz der Ruhe für die Menschen in der Nacht. Vielmehr wird die elektrisch gesteuerte Nachtarbeit mit einer höheren Effektivität begründet, die im Arbeiter durch seinen Lohn, der ihm gezahlt werden muß, schon lange eine ökonomische Last sieht. Und das, obwohl ja eigentlich die Ergebnisse der Arbeit für den Arbeitenden bestimmt sein sollen. Hier haben wir einen ersten Erweis, daß die Produktion nicht ausschließlich dem Menschen, sondern ebenfalls einem Selbstzweck dient. Das wird uns im letzten Kapitel dieses Buches noch beschäftigen.

Aber nicht allein der öffentliche Bereich unterliegt dem Versuch, das Dunkle zu überwinden, jenes Undurchschaubare, das dem Wissen entzogen ist und deshalb auf den Geistträger meist unheimlich wirkt. Selbst im Intimverkehr mit dem geliebten Partner wird versucht, die Finsternis zu vermeiden und die liebende Beziehung weitgehend in die Helligkeit zu rücken. Damit wird freilich das Geheimnis, das die geschlechtliche Begegnung mit kennzeichnet, überbelichtet; die Annäherung an das andere Geschlecht hört auf ein Mysterium zu sein. Der sexuelle Kontakt hat deswegen heute eher einen sachlichen Charakter, der sich auf bestimmte äußere Abläufe und entsprechend nachvollziehbare Empfindungen beschränkt. Das Überraschungsmoment fehlt fast völlig. Der Gegenwartsmensch ist kaum noch von seinen Gefühlen, die mit der geschlechtlichen Beziehung entstehen, überwältigt, vielmehr erwartet er umgekehrt im kommenden Erlebnis der Liebe schon vorher einen hohen Grad der persönlichen Befriedigung, der sich dank eines oberflächlichen Anspruchs oft erfüllt.

Die Erwartungshaltung wird gespeist aus einem Wissen über das andere Geschlecht, das nicht nur über den unmittelbaren Kontakt erlangt wird; Sachbücher und Fernsehsendungen tragen ebenso zur Aufklärung bei. Auch die Liberalisierung der Pornographie dient zur Aufhellung, indem in direktester und rücksichtsloser Weise die äußere (sichtbare) Gestalt des Geschlechtsaktes vorgeführt wird oder selbst erlebt werden kann. Die moderne Literatur erfüllt gleichfalls ihren Teil der gestellten Aufgabe, das bisher verborgen Gebliebene zu durchschauen. Es gibt heute kaum noch neue Romane, die ohne genaueste Beschreibung der körperlichen Liebe auskommen. Freilich birgt die sexuell orientierte Erotik in den Erzählungen eine Garantie für recht hohe Verkaufszahlen, und der allgemein anerkannte Wert eines Buches bemißt sich mittlerweile fast ausschließlich nach diesen, aber er zeigt zugleich, daß das oft vordergründig verwendete Mittel der menschlichen Sexualität in der modernen Literatur eine Reaktion auf ein generelles Bedürfnis der Leser ist.

Kurzum, der Zivilisationsmensch möchte auf allen Erlebnisebenen Klarheit schaffen, und die erlangt er nur durch Wissen. Alles, was er nicht durchschauen kann, also das Dunkle und Ungewisse, verdrängt er, schiebt er aus seiner Daseinssphäre; es existiert für ihn einfach nicht mehr (soweit das möglich ist).

„Das Ich-Bewußtsein ist“ demnach heute „das Streben nach der Eindeutigkeit einer reinen Selbsttätigkeit, die alle Empfänglichkeit, und nach der Einseitigkeit des reinen Lichtes, das alle Dunkelheit außer sich hat.“ (Giegerich: „Das Bewußtsein, der zweite Schöpfer der Welt“. in: „Eranos 1986“, S. 233)

Damit versinkt aber diese Helligkeit, an der sich der Gegenwartsmensch ausschließlich orientiert, wieder in der Dunkelheit, weil dieses „helle Bewußtsein“ sich nicht selbst reflektieren kann - dazu benötigt es nämlich das Andere seiner selbst, in unserem Fall also die Finsternis, um sich von da aus zu gewahren. (Bei der moralischen Wertung von Geschehnissen ist das ebenso der Fall. Ich weiß beispielsweise nur, was gut ist, wenn ich auch feststellen kann, was böse ist. Deswegen braucht der moralische Gott des Christentums, als die Güte schlechthin, den Teufel; der allwissende Gott die relative Unwissenheit des Sterblichen usw.)

Mit der eben beschriebenen Einseitigkeit wird demnach ein ganz entscheidender Wesenszug des Geistes ausgeklammert, das heißt, das Bewußtsein hat sich „gerade um nur-bewußt sein zu können, der totalen Unbewußtheit über sich selbst verschreiben müssen.“ (ebd.) Die Folge davon ist, daß die Menschheit der heutigen Welt nicht nur sprachlos gegenüber steht, sondern sie findet gleichfalls keinen Sinn mehr im Leben.

Das Finden eines Lebenssinnes ist zwar ein schöpferischer Prozeß, aber er kann nur aus der Welt entstehen, die der Geistträger einerseits setzt, indem er sie unter bestimmte sinnliche Voraussetzungen und vom Denken vorgeschriebene Vernunftforderungen stellt; jedoch andererseits kann diese geistig produzierte Welt für den Menschen nur wirksam sein, wenn er sie auch empfängt. Gerade diese erfahrene Welt beinhaltet den ganzen Reichtum des Lebens, der zum überwiegenden Teil unterbelichtet ist, das heißt auch, unbewußt wirkt.

Indem der Mensch durch die Ausklammerung eines erheblichen Anteils der vorhandenen Welt in eine reine Selbsttätigkeit übergegangen ist, die seine Empfangsorgane abstumpfen ließ, blendet er nicht nur einen großen Teil der eigenen Bewußtheit aus, sondern es besteht in diesem Zustand auch die Gefahr, daß er den nicht mehr empfangenen Teil der Welt, in dem er trotzdem weiterhin lebt, zerstört. Hierher gehört wohl die mittlerweile sichtbar gewordene Zerstörung der Natur, die auch zu einer Verarmung des persönlichen Daseins führt.

Zusammengefaßt können wir feststellen, der gewaltige Prozeß der technischen Entwicklung hat den Menschen bisher nicht klüger gemacht, vielmehr überläßt er die intelligente Arbeit (hiervon freilich ausgeschlossen die schöpferischen Akte) weitgehend den Maschinen, vorzüglich den Computern.

Das bedeutet, „seine [des Menschen] Maschinen transportieren ihn auch buchstäblich aus der Welt in den leeren Raum der Astronomie wie in den der Mikrophysik, also in das Nicht-Sein der Welt.“ (ebd., S. 228f.) „Daher die überwältigende Rolle der Technologie heute bei gleichzeitiger geistig-psychologischer Ahnungs- und Verständnislosigkeit ihr gegenüber.“ (ebd., S. 230) Für letzteres ist die Sprachlosigkeit gegenüber der Gentechnologie oder anderen wissenschaftlichen Errungenschaften, wie eben auch der Atombombe, ein überzeugendes Beispiel, denn, um einem allgemein üblichen Einwand zu begegnen, der in der Existenz dieses Dinges der totalen Vernichtung ein unvorhersehbares Schicksal sieht, die „Atombombe ist nicht ein Zufall oder Mißgeschick, das mitunterlaufen wäre, sie ist das höchste Sinnsymbol des Abendlandes“. (ebd., S. 231- siehe zu dieser Thematik ebenfalls Wolfgang Giegerichs hervorragendes Buch „Die Atombombe als seelische Wirklichkeit“)

Mit diesem etwas weiter ausholenden Exkurs wurde anhand tatsächlich vorherrschender Verhaltensweisen dargestellt, warum dem Menschen der Gegenwart der polare Zusammenhang von Leben und Tod weitgehend verschlossen bleiben muß. Fast alle menschlichen Auffassungen und Handlungen sorgen dafür, daß ein Verständnis dafür heute unmöglich wird.

Hingegen bei den Völkern der schamanistischen und rituellen Kulturen obwaltete die unerschütterliche Überzeugung, daß nur in einer harmonischen Verbindung von Leben und Tod der Kosmos überhaupt im Gleichgewicht bleibt. Deshalb ist auch die Erfahrung des Todes bzw. die der individuellen Vergänglichkeit ein wesentlicher Bestandteil jeder Initiation der archaischen Völker gewesen. In dieser wurde ein Lebensabschnitt des Initiierten unwiederbringlich abgeschlossen, um einen neuen betreten zu können. Ein Beispiel hierfür ist das schon seit frühester Zeit durchgeführte Zeremoniell, das den Wechsel von der Kindheit in das Lebensstadium des Erwachsenen deutlich machen sollte. Bei dieser Initiation wurde der Jugendliche meist in das Lebensgeheimnis der unlöslichen Polarität von Tod und Leben eingeweiht, indem er den Tod seiner Kindheit unmittelbar erlebte, zum Teil am eigenen Leibe zu spüren bekam. Allein durch diese Erfahrung entstand schon ein neuer Mensch, der aber erst existieren kann, wenn der alte kein Da-Sein mehr hat. Die vergangene Existenz ist freilich nicht vollständig verschwunden, allein die Erinnerung an die Kindheit verhindert dies, vielmehr ist sie als Moment im neu entstandenen Menschen enthalten.

Dem modernen Bewußtsein bleibt trotz Kenntnisnahme dieses Verständnisses der Alten eine tiefe Einsicht in das, nennen wir es Lebensgeheimnis, verwehrt, denn es „versteht sich als das Bewußtsein schlechthin und entwertet die frühere Bewußtseinsform als einen defizienten Modus, eine ‘noch’ primitive, ‘noch nicht’ entwickelte Vorform seiner, weshalb es sich auch automatisch im Vergleich zu dieser als ein ‘höheres’ (höher entwickeltes) Bewußtsein sieht. Damit schützt es sich aber vor dem Erwachen zu der Einsicht,“ (ebd., S. 233f.) daß es noch andere Bewußtseinsebenen gibt, die auf ihre Weise zu andersgearteten Erfahrungen kommen - Erfahrungen von Geschehnissen, die, auch wenn sie nicht bis ins Bewußtsein dringen, im Leben ihre Gültigkeit haben.

Wir können den Tod, um auf den Ausgangsgedanken zurückzukommen, verdrängen, ihn aus unserem Alltagsbewußtsein verbannen, deswegen verschwindet er nicht. Freilich besteht die Möglichkeit, mit Hilfe der Medizin gegen ihn zu kämpfen, doch es besteht keine Hoffnung, daß wir ihn jemals besiegen werden. Ob wir wollen oder nicht, der Tod ist Teil des Lebensprozesses, der ohne ihn gar nicht vorhanden wäre.

Jedoch, da wir den Tod aus unserem Leben verbannen, empfinden wir ihn, sobald er in unser Dasein tritt, so schmerzlich, brutal und ungerecht. Er erscheint uns als ein Weg ins Nichts, und so als etwas dem menschlichen Dasein prinzipiell Fremdes.

Erst wenn wir das Phänomen des Todes mit dem Leben wirklich verschmelzen lassen, bekommen wir ein Verständnis für viele, zum Teil schicksalsschwere Vorgänge, die uns Zivilisationsmenschen, trotz weit entwickelter Wissenschaft, weiterhin verschlossen bleiben, die jedoch für unsere Vorfahren ein Selbstverständnis waren und deshalb in deren bewußte Auseinandersetzung mit ihrer Existenz einflossen.

Als ein letztes Beispiel, das zeigen soll, daß der moderne Mensch keinen Zugang zur Erkenntnis der unaufhebbaren Abhängigkeit von Tod und Leben besitzt, soll der Umgang mit Märchen herangezogen werden, weil gerade in ihnen ein fast spielerisch anmutender Verkehr zwischen den Bereichen der Lebens- und Totenwelt stattfindet.

Jedoch steht das Alltagsbewußtsein dem Inhalt der Märchen (im wahrsten Sinne des Wortes) ungläubig gegenüber. Darüber hinaus empfindet der human erzogene Bildungsbürger wegen der sogenannten Brutalität, die im Märchen zum Vorschein kommt, manchmal Abscheu gegen diese. Zudem sind darin enthaltene Wunder für das überwiegend rationale (das heißt naturwissenschaftliche oder philosophisch gesprochen: formallogische) Denken unglaubwürdig und für einen „vernünftigen“ Menschen nicht mehr nachvollziehbar.

Somit werden die Märchen den Kindern überlassen, die noch in verschiedenen Wirklichkeitsebenen leben können. Die Märchen gelten für die Heranwachsenden als phantasieanregend, was ihnen mittlerweile einen positiven Wert verleiht, denn sie können so eine schöpferische Grundlage für den sich in der Person entwickelnden Vernunftprozeß sein. Später jedoch, im Erwachsenenalter, sollten die Märchen nicht mehr für Erkenntniserweiterungen verwendet werden, dazu widersprechen sie zu sehr dem naturwissenschaftlichen Denken.

Man läßt sich also im Großen und Ganzen von Märchen nichts mehr sagen, weil eine Integration ihres dargestellten Inhalts ins heutige menschliche Leben unmöglich erscheint (auch angesichts der unerschütterlichen Vorurteile der rationalen Weltbetrachtung, die scheinbar bis in alle Ewigkeit gelten sollen und so kritiklos ihren Bestand im Alltag haben).

Aus demselben Grund sieht es so aus, als lebten die Menschen der westlichen Welt gegenwärtig in einer religionsfreien Epoche, obwohl der christliche Charakter der Weltauseinandersetzung deutlich zu Tage tritt. Freilich hat sich die Art der Verwirklichung geändert, darum findet sie eben keine unmittelbare (vielleicht sogar sichtbare) Analogie mehr mit den biblischen Geschichten. Das Christentum hat heute in der naturwissenschaftlichen Weltbehandlung (bzw. -beherrschung) und im Geldverkehr seine Entsprechung.

Somit kommt es uns vor, als sei die herkömmliche Form der Religion, wie schon die Märchen, ein sekundäres Element im heutigen Dasein, zumindest wenn wir deren Aussage ungefiltert anwenden. Und das ist auch tatsächlich so. Am deutlichsten sieht man das in der Gegenwart an der Obsoletheit der Kirchen. Ob ein Mensch Mitglied der Kirche ist oder sie besucht, ist für die Meisterung des jetzigen Lebens belanglos; es ist eine reine Privatangelegenheit geworden, wo sich jeder seine eigene Meinung bilden kann. Im Gegensatz dazu sieht fast jeder Mensch ein, daß er für den Erhalt seiner Existenz Geld haben muß. Womit die Ernsthaftigkeit des Gelderwerbs (egal wie) ihre Begründung bekommt. Er trägt in jedem Fall religiöse Züge, das heißt, der vorherrschende, weil zum überwiegenden Teil akzeptierte, absolute Wert des Geldes erfährt durch die Menschen eine gläubige Verehrung. Das Geld fällt nicht in den Abgrund der Beliebigkeit, in dem sich längst die wirklichkeitsfremd gewordenen überlieferten religiösen Zeremonien befinden.

Wir können es noch krasser darstellen. Fast alle Lebenserscheinungen sind für den Zivilisationsmenschen beliebig geworden, wenn sie nicht in irgendeiner Beziehung zum Geldverkehr stehen. Man kann das selbst bei den Gesprächen der Menschen untereinander sehr schön beobachten.

Jeder kann sich zu jedem Thema eine eigene Meinung bilden und auf dieser auch bestehen. Sie wird vom Gesprächspartner meistens gebilligt, indem er diesem antwortet: „Das ist halt deine Meinung, und ich habe eben eine andere“, oder: „Ich nehme deine These zur Kenntnis, ich jedoch vertrete meine“. Die reibungslose Annahme von widersprüchlichen Auslegungen offenbart die eigentliche Wertlosigkeit der Auffassungen. In ihnen steckt keine zwingende Notwendigkeit für das menschliche Dasein, weil sie für das wirkliche Leben keine Bedeutung haben.

Dagegen in Fragen des Geldes hören diese Zugeständnisse auf. Bei ihnen ist man tatsächlich um Lösungen der Probleme bemüht, und die Konfliktparteien werden selten einer entgegengesetzten Meinung Geltung zugestehen. Das Thema des Geldes ist im heutigen Leben zu einer solch großen Wichtigkeit geworden, daß sich der Zivilisationsmensch hierin keinen Lapsus leistet. Und Mitmenschen, die den Wert der Zahlungsmittel nur bedingt anerkennen, werden als realitätsfremde Wesen angesehen.

Indessen, nicht ausschließlich die vorherrschende Bedeutungslosigkeit der Märchen und vieler religiöser Glaubensvorstellungen verhindert eine Wiederbelebung, es fehlt in erster Linie schon das tiefsinnige Einsehen in die Aussagen der uns zugänglichen Hinterlassenschaften, weil wir dafür die geistigen Grundlagen nicht mehr besitzen.

Auch hier soll ein einziges Beispiel zur Darstellung der grundverschiedenen Auffassungen von sichtbaren Phänomenen bei den alten und neuen Völkern genügen, die uns zudem wieder zu unserem Thema der Verbindung von Leben und Tod zurückführen, indem wir den Umgang mit der Erscheinung eines Skeletts kurz skizzieren.

Heute gilt das Skelett allein als augenscheinliches Zeichen des Todes. Das wird schon daran deutlich, daß man sich den Tod oft als Gerippe vorstellt, auch vom „Knochenmann“ spricht. In poetischer Weise drückt dies E. M. Cioran aus, indem er feststellt, nachdem er Skelette in einem naturwissenschaftlichen Museum sah: „Monate sind seit diesem unvorhergesehenen Besuch vergangen, doch vergesse ich nicht so bald diese Augenhöhlen, die einen beharrlicher als Augen anblicken, diesen Jahrmarkt der Schädel, dieses mechanische Grinsen auf allen Ebenen der Zoologie ... Es ist so augenfällig und dennoch so anormal: je mehr man es (das Skelett) betrachtet, desto mehr wendet man sich mit Entsetzen davon ab, und indem man es wiegt, ist man unterwegs zum Mineral, versteinert man es, um seinen Anblick, seine Idee zu ertragen, braucht man mehr als Mut: Zynismus. Es heißt, sich über seine Natur täuschen, wenn man es mit dem Wort eines Kirchenvaters nächtlich nennt: es heißt auch, ihm zuviel Ehre zu erweisen: es ist weder sonderbar noch düster, es ist vergänglich bis zur Obszönität, bis zum Wahnsinn, es ist nicht nur Sitz der Krankheit, es ist selbst Krankheit, unheilbares Nichts, eine Fiktion, die zum Unheil ausgeartet ist." (Cioran: „Die verfehlte Schöpfung", S. 39)

Bei den Alten waren die Knochen ebenfalls sichtbare Zeichen des Todes. Aber damit erschöpfte sich deren Anschauung nicht. Insbesondere die alten Jägervölker waren überzeugt, daß gerade in diesen toten Gegenständen das Potential einer neuen Lebendigkeit steckt. „Schädelknochen, Gräten und Fellstückchen bilden also als Reste des einst lebendigen Tieres eine Art magischen Kristallisationspunkt, aus dem es sich wieder vollständig regenerieren kann". (Findeisen / Gehrts: „Die Schamanen", S. 37) Die Lappen zum Beispiel begruben „einst die Knochen von Bären, Hasen und Luchsen in trockenen Sandhügeln oder versteckten sie in Bergesklüften; die Knochen von Wassertieren wurden dagegen in Quellen versteckt." (ebd., S. 38) Man schrieb den Knochen also die Fähigkeit zu, daß sie unter bestimmten Bedingungen wieder Gerüst eines Lebewesen werden können, zu welchem Zweck sie bei einigen alten Völkern aber „so zusammengelegt werden müssen, wie sie beim Skelett des lebendigen Tieres angeordnet waren. Solche Handlungsweisen kennen wir beispielsweise von den nordostsibirischen Lamuten, die so mit den Bärenknochen verfahren, sie dann zusammenbinden, um sie anschließend wie einen menschlichen Leichnam auf einem im Walde errichteten Bestattungsgerüst beizusetzen." (ebd.) Der Völkerkundler Hans Findeisen findet dieses Jägerritual auch in Märchen der nordsibirischen Völker, wie in dem der Dolganen (ein tungusisch-jakutisches Mischvolk in Nordsibirien) „Der Sohn des Armen und die Tochter der Sonne". In dieser Erzählung erlangt der Held die Hilfe eines eigentlich toten Tieres, indem er seine Knochen so zusammenlegt, wie „sie sich während des Lebens innerhalb des Tieres befunden haben." (ebd., S. 180)

Allein der Schamane erfuhr schon bei seiner in Trance stattfindenden Initiation, die ihn in seine später auszuführende Stammestätigkeit einweihte, daß nach dem Sterben die Knochen übrig bleiben und aus ihnen neues Leben entstehen kann. Bei dieser Initiation wird der künftige Schamane von Geistern, die später einmal seine Hilfsgeister sein werden, zerstückelt. „Wie wird dieses Zerstückeln im einzelnen vorgenommen? Zuerst wird im allgemeinen der Kopf abgeschnitten, der dann die folgenden Vorgänge mit eigenen Augen verfolgt ... Das Fleisch wird von den Knochen abgekratzt, beide Augen werden aus den Augenhöhlen genommen und gesondert hingelegt usw. Nach weiteren Mitteilungen wird der Kopf auf eine lange Stange gesetzt, damit er ja alles genau mit ansehen kann, was mit dem Körper geschieht, oder er wird an einer Lärche aufgehängt und die vier Gliedmaßen an einer anderen.(ebd., S. 64) Der Schamane sieht nun also zu, wie er stirbt. Der restliche Körper wird von den Geistern zerschnitten und das Fleisch von den Knochen getrennt. „Meist werden Fleisch und Blut roh gegessen und getrunken ... Nach einer burjatischen Aussage wird das Fleisch gekocht ... Als letzte Phase dieses schauerlichen Traumrituals kommt es dann zu der Wiederbelebung des Schamanen durch die Geister. Alle Knochen werden an Ort und Stelle gebracht, wobei Gelenk an Gelenk an dem richtigen Platz eingesetzt wird; der Kopf kommt wieder an seine ursprüngliche Stelle, und die Knochen werden wieder mit neuem Fleisch bekleidet, ja sogar mit Eisenfäden zusammengenäht." (ebd., S. 65)

Wir sehen also an diesen beiden angeführten Beispielen sehr deutlich die grundlegenden Unterschiede zwischen den Auffassungen des heutigen und des archaischen Menschen. Sieht der Zivilisationsmensch in den Knochen die endgültige Vergänglichkeit seiner individuellen Existenz, so bedeutete zum Beispiel den alten nordsibirischen Menschen das Sterben als Person nicht ein unüberwindlich Grauenhaftes, weil sie die tröstende Überzeugung besaßen, daß im Skelett, dem Rest, dem Überbleibsel des lebendigen Körpers, das Leben steckt, was neu zum Dasein gelangt, wenn die Konstellation eine dem Leben entsprechende ist (im schamanischen Glauben beispielsweise äußerlich sichtbar in dem richtigen Zusammensetzen der Knochen). Und selbst der christliche Mensch sah noch bis ins Hochmittelalter hinein in den menschlichen Knochen das Potential für ein neues, in ihrem Fall ewiges Leben nach der Auferstehung. Erst mit der Vorstellung der Trennung von Seele und Körper durch den Tod, bei der die Seele allein das Leben fortsetzt, verändert sich auch allmählich die Anschauung über das Skelett.

Kehren wir nun nach einem langen Umweg zum Hauptanliegen des Buches zurück, nämlich, den Wesensgehalt der Mühle herauszukristallisieren. Der Ausflug war freilich notwendig, um das längst verschüttete Verständnis dem heutigen Zivilisationsmenschen zumindest etwas faßbarer zu machen, daß Leben und Tod unauflöslich verwoben sind, wenn Leben überhaupt möglich sein soll. Und von diesem geheimnisvollen Zusammenhang ist auch das Mühlenwesen durchdrungen.

Bisher haben wir vorwiegend die Bewegungselemente in der Mühle analysiert und haben eine Analogie mit der Lebensbewegung feststellen können. Jetzt ist zu fragen, wodurch diese Bewegungen möglich werden.

Um die Lebensbewegung und damit auch die Bewegung in der Mühle genau bestimmen zu können, müssen wir noch einmal zum Bild des Flusses zurückkehren. Der Fluß gilt in Märchen und Mythen oft als Grenze zwischen zwei Wirklichkeitsformen, wie eben der Toten- und der Lebenswelt, wobei der Strom zwischen den Welten in beständiger Fortbewegung ist.

Machen wir diesen Strom mit einem Bach im Walde anschaulich, der durch kleinere und größere Steine keinen gleichmäßigen, sondern einen unruhigen Lauf hat, so können wir ihn durchaus mit unserem persönlichen Lebensweg vergleichen. Er verläuft ebenfalls nicht geradlinig und gleichmäßig, er hält viele Widerstände bereit, die hemmend wirken, umgangen werden müssen und daraufhin zum einen die Bewegung (im konkreten Beispiel die Entwicklung der Persönlichkeit) beschleunigen oder aber auch verlangsamen können. Letztlich besteht sogar die Möglichkeit, daß man durch so ein Hemmnis aus der Lebensbahn geschleudert wird. Betrachten wir nun die beiden Ufer des steinigen Baches als Lebenswelt auf der einen und Todeswelt auf der anderen Seite und legen in den Bach ein vom Wasser getragenes Stöckchen hinein, so werden wir gewahren, daß es sich in seinem durch die Steine beständig gehemmten Lauf mal auf die Todesseite zubewegt und das andere Mal auf die Lebensseite. Doch trotz diesem Hin und Her schwimmt das Stöckchen, soweit es nicht an einem der Uferränder hängenbleibt, unaufhörlich weiter.

Verallgemeinern wir die gerade gemachte Beobachtung, indem wir das Stöckchen mit einem individuellen Lebensphänomen vergleichen, so können wir formulieren, daß sich die jeweilige Erscheinung im Fluß ihres Lebens fortbewegt, indem sie zwischen den Seiten von Leben und

Tod schwimmt, einmal zum Lebensufer hin (Wachheit, Bewußtheit, Gesundheit usw.), ein anderes mal zum Todesufer (Schlaf, Bewußtlosigkeit, Krankheit usw.).

Das Märchen drückt diese Erkenntnis noch deutlicher aus, indem es den Menschen, der die Fähigkeit besitzt, aus der Todeswelt wieder lebendig zurückzukehren oder mit Wesen aus ihr in Kontakt zu treten, eine erhebliche Lebenssteigerung erfahren läßt. (Er erhält oft die Königskrone bzw. er wird vermählt mit einem Wesen, das ebenfalls in beiden Welten leben konnte - oder genauer formuliert: es ist nahezu Bedingung, daß derjenige, der das höchste Ziel, die Krone des Landes, erlangen will, in jene Welten gelangt, die für alle anderen Menschen unerreichbar bleiben, denn nur dadurch legitimiert er seine besondere Stellung in der menschlichen Gemeinschaft.)

Daß das wirkliche Erleben der unauflöslichen Verbindung von Tod und Leben zu einer Lebenssteigerung führt, glauben wir nun auch mit den Vorgängen in der Mühle aufzeigen zu können. Bei diesen wird das Korn zerkleinert, also zerstört. Das Getreide muß demnach in seiner Konsistenz untergehen, damit ein neues Produkt, das Mehl, er-zeugt werden kann. Das Mehl ist dann für den Menschen tatsächlich ein wertvolleres Produkt, dient es doch als Grundlage vieler Gebäcke. Betrachten wir also den Gesamtprozeß der Vermahlung, so kann man bei der Verwandlung des Kornes in Mehl durchaus von einer Steigerung der Lebensqualität sprechen, sichert doch der Untergang des lebendigen Kornes, indem daraus mit dem Mehl ein Grundnahrungsmittel gewonnen wird, das Leben der Menschen. Daß das Mehl einem neuem Leben wirklich Nahrung geben kann, wird auch bei der Herausbildung einer Getreidepflanze aus einem Korn deutlich, denn ihre Lebensmöglichkeit bezieht sie, neben der Erde, den Sonnenstrahlen und dem Wasser, aus dem Mehlkern im Inneren des Getreidekornes.

Eine solche Betrachtungsweise könnte ihre Widerlegung finden, indem behauptet wird, daß der Mühlenprozeß einfach nur die technische Machbarkeit verkörpert, um aus dem Getreide letztlich das Produkt zu gewinnen, aus dem wir das Brot herstellen. Diese einseitige Anschauung entsteht, wenn das Ausgangsprodukt, das Getreide, als toter Gegenstand angesehen wird. Das ist freilich ein Trugschluß, denn bis zu seiner Vermahlung ist das Korn noch keimfähig, kann sich also zu einer Getreidepflanze herausbilden, ist demnach lebendig. Deshalb muß das Getreide vor der Vermahlung kühl gelagert werden und darf eine

Feuchte von höchstens 14% (Wasseranteil) haben; nur unter diesen Bedingungen kann eine Keimung des Kornes verhindert werden.

Daß heute das Getreide als totes Material angesehen wird, zeigt sich besonders beim Bemühen der Menschen, Qualitätsschwankungen beim Getreide und später beim Mehl mit allen verfügbaren Mitteln auszugleichen. Die unterschiedlichen Eigenschaften des Getreides sind ganz natürlich. Sie treten schon innerhalb einer einzigen Getreidesorte auf, dank der verschiedenartigen Bodenbeschaffenheit der Getreideanbaugebiete und der Witterungseinflüsse während der Wachstumszeit der Pflanzen. Dies weiß der Mensch sehr wohl, will es aber nicht akzeptieren und führt Maßnahmen durch, die diese Abweichungen aufheben. Ähnlich wie wir es schon oben beim Umgang mit dem Tod sahen, soll auch hier ein Sachverhalt (nämlich Schwankungen der Korneigenschaften einer Getreidesorte, die in einer wissenschaftlich technischen Betrachtung nicht mit mathematischer Genauigkeit eingegrenzt werden können) verdrängt werden, obwohl er vorhanden ist und auch bestehen bleibt, trotz unseres Bemühens ihn auszumerzen.

Die durchgeführten Maßnahmen, die natürlichen Schwankungen der Getreidequalität und damit auch der Mehlqualität zu eliminieren, rühren nicht ausschließlich von der starken Konkurrenz in der Mühlenbranche her, wo die jeweilige Mühle, aus der Hoffnung auf einen wirtschaftlichen Vorteil gegenüber den Mitbewerbern, den Bäckern eine kontinuierliche Qualität der Backwaren zusichert (das kommt freilich auch vor) - sie werden ebenso von den Verbrauchern erwartet. Obgleich diese in altklugem Dilettantismus oft genug von ökologischem Denken sprechen, fehlt ihnen meist das eigentlich sichtbar nachvollziehbare Verständnis, daß, insbesondere verursacht durch den Wetterverlauf in der jeweiligen Wachstums- und Reifeperiode der Getreidepflanze, in jedem Jahr eine andere Kornqualität geerntet wird. Durch die Nichtbeachtung dieser Tatsache glauben sie sich im Recht mit der Forderung nach einer konstanten Güte der Backerzeugnisse, die jedoch nur in eingeschränktem Maße gewährleistet werden kann, selbst mit den umfangreichen chemischen Ausgleichsbemühungen.

Es verwundert demnach nicht, daß heute die Bäcker gegenüber den Mühlen eine einheitliche Mehlqualität fordern und dadurch die „Mühlenchemie“ ein einträgliches Geschäft hat. Bleiben wir beim Endprodukt der Mühle, dem Mehl, so werden diesem je nach seiner Qualität, die durch Laboruntersuchungen festgestellt wird, Zusätze wie beispielsweise Malzmehl oder Ascorbinsäure (und vieles andere mehr) beigemischt, damit die gewünschte Qualität erzielt wird.

(An dieser Stelle ist sofort dem Argument zu begegnen, daß die eben erwähnte Ascorbinsäure doch reines Vitamin C ist und damit ein Naturstoff. Jedoch ist dieser Stoff in einer so hohen Konzentration, wie er dem Mehl zugesetzt wird, in keinem reinen Naturprodukt vorzufinden und bedarf deswegen einer chemischen Herstellung. Daß die Chemie besonders intensiv gerade in diesem Lebensmittelbereich angewendet wird, um effektive Ergebnisse zu erlangen, das heißt, möglichst große Brote und Brötchen mit weitgehend niedrigem Gewicht, soll hier nur am Rande erwähnt werden, es gehört eigentlich nicht zu unserem behandelten Thema.)

Freilich benötigt der Bäcker diese Konstanz der Eigenschaften des Mehles noch, weil die umfangreiche Technik, mit der auch dieses Handwerk mittlerweile betrieben wird, auf Qualitätsschwankungen des zu bearbeitenden Materials nur sehr beschränkt reagieren kann. Maschinen sind tote Gegenstände, denn ihre Bewegung ist, im Gegensatz zur lebendigen, mechanisch, also fast völlig voraussehbar. Deswegen können sie auf lebendige Phänomene nicht reagieren. Sie agieren fast ausschließlich und eingebaute Reaktionen, die in bestimmten Toleranzen möglich sind, bleiben ebenfalls nur mechanische Gegenbewegungen.

Die Müllerei ist nun mittlerweile ebenfalls ein ausschließlich technischer Prozeß, obwohl mit den Maschinen der technologische Verlauf nur automatisiert wurde; der Vorgang der Vermahlung erfuhr dadurch keine Veränderung. Auch ist die Qualität des Getreides, das in der Mühle bearbeitet wird, mit Hilfe der Vermahlung nicht zu verbessern. Ein qualitativ minderwertiges Ausgangsmaterial kann durch keine müllerische Verarbeitung in ein qualitativ hochwertiges Mehl verwandelt werden; eine Steigerung der Backeigenschaften gelingt in einem solchen Fall tatsächlich nur mit Hilfe der „Mühlenchemie“.

Die Tatsache, daß die Backeigenschaften, die schon im Getreidekorn vorhanden sind, durch die Verwandlung in Mehl keine Verbesserung erfahren (sie können jedoch wesentlich verschlechtert werden, indem das Mehl „tot gemahlen“ wird, das heißt, es zeigt bei bakteriologischen Prozessen keine Reaktion mehr) und der Umstand, daß trotz der Technisierung der technologische Vorgang in der Mühle, also das Zerkleinern und das anschließende Trennen der Schalenteile vom Mehl, keine Veränderung erfuhr, zeigt, daß der Müller unumstößliche Bedingungen beachten muß, will er das gewünschte Ergebnis (ein backfähiges Mehl) erzielen. Er muß sich also in den Prozeß der Umwandlung des Getreides in Mehl einordnen, er kann nicht unmittelbar in den Vorgang eingreifen, sondern ihn lediglich begleiten.

Diese Einordnung erlebt der Müller heute in den modernen Mühlen unmittelbar. In ihnen setzt er das Wechselspiel zwischen Tod, das heißt Zerstörung des Kornes, und Gewinnung eines Lebensmaterials (Nahrungsmittel), das andersgeartetes Leben sichern kann, in Gang. Ist die Mühle aber einmal in Bewegung gekommen, geht sie schnell in den Selbstlauf über, den der Müller dann nur noch in gewissen Grenzen steuert. Voraussetzung dafür ist, daß er sich dem Lauf der Mühle einordnet.

Aus diesem Grund steht der Müller in naher Verwandtschaft zum Bauern. Auch dieser muß sich einem bestimmten Prozeß, in seinem Fall dem Naturphänomen des Pflanzenwachstums, einordnen, möchte er das gewünschte Resultat erlangen, nämlich aus einem Korn über die Getreidepflanze mehrere Körner zu gewinnen.

Der Bauer unterstützt ebenfalls diesen natürlichen Verlauf, kann aber nie wirklich in ihn eingreifen. Die Düngung zur Erlangung eines möglichst hohen Ertrages zählt genauso zu den lediglich unterstützenden Handlungen des Lebensprozesses wie die Anwendung moderner Verfahren wie zum Beispiel der Genmanipulation des Getreides. Mit letzterem kann man zwar das Aussehen, die Zusammensetzung und den Ertrag verändern, der Mensch ergreift (bzw. beherrscht) damit aber nicht das vollständige Lebensphänomen, sondern ausschließlich den Teil, der technisch-praktisch behandelbar ist. Das heißt, der Geistträger muß sich auch auf dieser Entwicklungsstufe dem Werdegang des Lebens unterordnen, oder in der naturwissenschaftlichen Anschauungsweise formuliert, er muß die Gesetze der Natur akzeptieren, soll so etwas wie die Erforschung und anschließend die menschliche Nutzung der Natur überhaupt möglich sein.

Weil sich der Müller wie der Bauer einem bestimmten Vorgang ein- bzw. unterordnen muß, wenn er am Schluß das angestrebte Endprodukt erhalten will, unterscheidet sich beispielsweise seine Tätigkeit von der Schmiedearbeit bei den alten Völkern. Die Leistung des Schmiedes galt diesen, wie auch die des Müllers, als ein heiliges Handwerk.

Während der Müller den Produktionsprozeß nur startet und steuert bzw. überwacht, und allein so einen Lebensgewinn in Form eines Grundnahrungsmittels erhält, greift der frühere Schmied und in seiner Nachfolge, insbesondere was das Ziel, die allgemeine Verfahrensweise und den rituellen Charakter seiner Handlung betrifft, der Alchimist aktiv in den Naturvorgang ein. Er möchte den natürlichen Verwandlungsvorgang der Erze, der in der Erde spontan vor sich geht, durch eigene Aktivität beschleunigen. Gleichwohl muß auch der Schmied wie der Alchimist dabei bestimmte Voraussetzungen und Bedingungen beachten, aber von einer notwendigen Einordnung in einen technologisch vorgegebenen Verlauf kann bei der Schmiedearbeit nicht die Rede sein. Dadurch, daß bei ihr der Mensch es „übernahm, die Natur zu ändern, setzte er sich an die Stelle der Zeit. Was der Jahrtausende oder Aeonen bedurft hätte, um in den Tiefen der Erde zu reifen, glaubte der Metallurge und vor allem der Alchimist in wenigen Wochen zur Reife bringen zu können." (Eliade: „Schmiede und Alchimisten", S. 181) Wobei auch in diesen beiden Tätigkeitsbereichen die Ausgangsstoffe erst sterben (vergehen) müssen, indem sie geschmolzen werden, um zu neuer Form auferstehen zu können. Deswegen galt das Feuer bei den archaischen Kulturstufen, die eine Metallurgie besaßen, „als Agens der 'Wandlung'" (ebd., S. 182). „'Meister des Feuers' waren die Schmelzer und Schmiede so gut wie die Alchimisten, und sie alle beschleunigten, indem sie am Werk der Natur mithalfen, den zeitlichen Rhythmus und setzten sich schließlich an die Stelle der Zeit." (ebd., S. 183) Mit den Techniken der Metallurgie entstand die Vorstellung, „der Mensch könne in den kosmischen Zeitrhythmus eingreifen, ein natürliches Resultat zeitlich vorausnehmen und Wachstum beschleunigen." (ebd., S. 81)

All diese Charakteristiken sind der Müllerei nicht eigen. Viel stärker als in anderen Handwerken ist der Müller seinem Arbeitsverfahren ausgeliefert, füllt er lediglich eine teilnehmende Rolle aus. Er kann nur sehr eingeschränkt den Ablauf beschleunigen oder gar verändern. Der Müller vermag mit seiner Tätigkeit zwar den Vermahlungsprozeß in der Mühle zu konzentrieren, das aber nur in recht eng bemessenen Grenzen.

Natürlich ist der Müller auch in der Lage, die Mühle, und damit den Vorgang in ihr, zu stoppen, aber dann käme er zu keinem Lebensgewinn in Form des „weißen Goldes", das die Grundlage der menschlichen Ernährung in vielen Teilen der Erde bildet.

Somit wären wir wieder bei dem Gedanken angelangt, den das Märchen in vielfältiger Form ausspricht: daß der einen beträchtlichen Teil des unerschöpflichen Reichtums des Lebens erlangt, der beide Welten (die Todes- und die Lebenswelt) erlebt. Das heißt auf die Tätigkeit des Müllers bezogen, daß er lediglich einen Nutzen aus seiner Arbeit zieht, wenn er das Korn zerstört (tötet), denn erst dadurch erlangt er das Mehl.

Diese Einsicht kommt jedoch in der Mühle wie im Märchen dem Handelnden selten zu Bewußtsein. Darf es auch anscheinend gar nicht. In den Märchen ist es schließlich oft der Jüngste, also Unerfahrenste, bzw. noch krasser ausgedrückt, der Dümmste, der die Fähigkeit besitzt, in verschiedenen Wirklichkeitssphären zu verkehren oder mit Wesen anderer Welten in Kontakt zu treten, um daraufhin die „Krone des Lebens“ zu erlangen.

Die Praxis in der Mühle beweist es gleichfalls, denn die Vermahlung wird meist ausschließlich unter der Perspektive der technischen Machbarkeit betrachtet. Doch wird so allein nur die praktische Verwirklichung berücksichtigt, das bedeutet, die mechanische Umsetzung eines vorausgesetzten Arbeitsganges.

Mit dem mechanisierten Teil dieses Prozesses jedoch wird die Wirklichkeit des Vermahlungsvorganges in der Mühle lediglich soweit erreicht, „wie sie manipuliert werden kann. Dabei ist Wirklichkeit nicht prinzipiell unerkennbar geblieben, sondern an ihrem manipulierbaren Zipfel erfaßt. Darauf beruht alle Technik von der Erfindung der Falle an. Wird Wirklichkeit nur als behandelbare angesehen, also als Mittel der Lebensbewältigung, ... so antwortet Wirklichkeit in der stummen Sprache: Sie läßt den Menschen gewähren. Wird die Welt nur behandelt, so behandelt sie uns, indem sie uns nicht behandelt, sondern einfach gewähren läßt.“ (Liebrucks: „Sprache und Bewußtsein“, - Band 6/2, S. 128) Zum Beispiel ist mit der technischen Bewältigung noch lange nicht die Frage beantwortet, wie aus dem lebendigen Korn trotz der Zerstörung, die es in der Mühle erfährt, ein Stoff gewonnen wird, der anderem Leben als Lebensmittel dienen kann.

Daß zudem die Technik ohne das zu bearbeitende Material nutzlos ist, zeigt schon allein die Tatsache, daß die Vermahlungsmaschinen (Mühlstein oder alte Walzenstühle), wenn sie ohne Mahlgut weiter laufen (man spricht dann davon, daß sie leer laufen), stumpf, das heißt unbrauchbar werden; sie benötigen den Verarbeitungsstoff, damit sie in ihrer Arbeit funktionstüchtig bleiben. In diesem Sinne können wir die Mühle auch als Organismus betrachten, in dem das zu bearbeitende Material das Blut ist, das, analog zum menschlichen Körper, von den Maschinen als dem Herzstück der Mühle in Bewegung gebracht wird. Dessen ständiger Fluß bekundet dann die Lebendigkeit.

Daß die Zerkleinerungsmaschinen in der Mühle beständig Mahlgut benötigen und zudem mit dem Herzen eines Menschen verglichen werden können, drückt auch Logau (1654) in einem Vers seiner „Sinngedichte“ aus, bei dem es heißt:

„Ein Mühlstein und ein Menschenherz
wird stets herumgetrieben.
wo beides nichts zu reiben hat,
wird beides selbst zerrieben.

Und in einer Auswahl aus Luthers Schriften in alter Sprachform fand sich folgende originelle Betrachtung zu dem gleichen Thema: ‘Bischof Albrecht von Meinz hat pflegen zu sagen, daß das menschliche Herz sei gleich wie ein Mühlstein auf einer Mül. Wenn man das Korn drauf schüttet, so läuft er umbher, zerreibet, zermalmet und machet es zu Meel; ist aber kein Korn vorhanden, so läuft gleichwol der Stein umbher, aber er zerreibet sich selbs, dass er dünner, kleiner und schmäler wird. Also will das menschliche Herz zu schaffen haben. Hat es nicht die Werk seines Berufs fur sich, dass es dieselbe ausrichte, so kömt der Teufel und scheusst Anfechtung, Schwermut und Traurigkeit hinein. Da frisst sich denn das Herz mit Traurigkeit, dass es drüber verschmachten muss und mancher sich zu Tode bekümmert.’“ (Gleisberg, S. 16f.) (Bei den neueren Walzenstühlen erweitert sich der Abstand der beiden Walzen automatisch, sobald kein Mahlgut mehr darauf kommt, damit wurde also gleichfalls mit Hilfe der Technik auf die eben erörterte Einsicht reagiert.)

Wir haben die Mühle als Lebensmysterium kennengelernt, die in spezieller Weise das Wesen des Lebens in ihren Arbeitsgängen zum Ausdruck bringt, nämlich, daß das Leben nur im beständigen Wechsel von Zeugen und Vergehen existiert.

Daß die Mühle von den Menschen noch bis vor einigen hundert Jahren als Lebenssymbol verstanden wurde, zeigen die vielen vom Alltag abweichenden Besonderheiten, die um die Mühlenarbeit vorherrschten und die eigentümliche (außergewöhnliche) Stellung, die eine Mühle im Leben der Gemeinschaft einnahm.

Im folgenden sollen diese Eigenarten mit dem Blick auf unsere herausgearbeitete Auslegung betrachtet werden.

Die einsame Mühle

Wenn wir bei der Mühle davon sprechen, daß sie auf ihre Art das Mysterium des Lebens darstellt, so handelt es sich bei einer solchen Aussage um die Zusammendrängung der Erscheinung des Lebens auf das Wesentliche, das im alltäglichen Dasein niemals in so deutlicher Form zu Tage tritt und deshalb im gesellschaftlichen Leben zwar ein Bestandteil ist, aber nicht direkt in ihm sichtbar wird.

Zu vergleichen ist diese Komprimierung mit der geschlechtlichen Liebe. Diese zeigt in intensivster Form, daß unter anderem auf der Basis der liebenden Achtung das gesellschaftliche Zusammenleben der Menschen möglich ist. Die Liebe ist ein tragender und prägender Teil der Gesellschaft. Trotzdem ist festzustellen, daß sie in ihrer körperlichen, also persönlichsten Äußerung das gewöhnliche Gemeinschaftsleben meidet, sofern es sich wirklich um Liebe handelt. Bei der leiblichen Begegnung der liebenden Partner suchen diese die Einsamkeit und Abgeschiedenheit.

Mühlen lagen nun ebenfalls außerhalb des eigentlichen gemeinschaftlichen Lebens. Die Gründe finden sich, wie später bei den anderen zu behandelnden Eigentümlichkeiten auch, in einer Verflechtung von praktischer Notwendigkeit und Wesensaussage der Mühle. Beide stehen in einer Wechselwirkung, in der die technische Verwirklichung den Wesensgehalt bestimmt, wie umgekehrt dieser zu Möglichkeiten der Verarbeitung führt. Es darf also demnach keine Seite bevorzugt werden, weil die eine ohne die andere nicht existieren kann, obwohl beide für sich eine ganz spezifische Aussage im Gesamtphänomen (in unserem Fall der Mühle) besitzen. In diesem Buch betrachten wir vorrangig den Wesensgehalt. Damit will der Verfasser aber keineswegs diese Seite des Mühlenhandwerks als das eigentlich Primäre ansehen, sondern er möchte den vielen Büchern über die historische Entwicklung des Mühlenbaus und der Arbeitsweise des Müllers eine Ergänzung über einen fast vergessenen Bedeutungsgehalt der Mühle und ihres Handwerks hinzufügen.

Auf unsere nun behandelte Thematik bezogen sind es demnach ebenfalls ganz praktische Gründe, die die Mühlen außerhalb der Ortschaft entstehen ließen.

Wassermühlen müssen an Flüssen gelegen sein. Dörfer und Städte lagen zwar in der Vergangenheit in der Nähe von Flüssen, aber diese durchflossen sie nicht, wie es heute oft der Fall ist. Und Windmühlen benötigen die freie Flur, um den Wind in voller Kraft aufnehmen zu können, damit sich diese weitläufige Lebendigkeit in den Windrädern verfängt und so der müllerischen Arbeit dient. (Man könnte bei den Windmühlen sagen, daß ihnen das Leben eingehaucht wird.) Hier bestätigt sich noch einmal, daß es sich bei der Müllerei um eine aus der erlebten Natur umgesetzte und so verdichtete Lebendigkeit handelt.

Dieses geballte Leben, das sich geräuschvoll im Gang der Mühlenmaschinen äußert, wurde von den Menschen der vergangenen Epochen als heilige Offenbarung angesehen. Die Mühle galt dementsprechend als ein besonderer Ort, der jenseits des Alltagsgeschehens lag und deshalb auch außerhalb dessen gebaut wurde. Wir sehen an diesem Sachverhalt sehr deutlich, wie technisch-praktisches Erfordernis und Wesensgehalt miteinander in Beziehung stehen und sich keineswegs widersprechen müssen.

Rituale im Müllerhandwerk

Daß auch der Müller den Vorgängen in der Mühle, in die er nur bedingt eingreifen kann, mit heiligem Respekt gegenüberstand, wird daran deutlich, daß die Arbeit des Müllers und sein Verhalten in der Mühle nicht selten einen rituellen Charakter annahm; die Handlungen also nach einem feststehenden bzw. festgelegten Ablauf ausgeführt wurden (das lateinische Wort *ritus* wird ins deutsche mit den Worten Satzung oder Sitte übersetzt). Ein sehr anschauliches Beispiel dafür liefert uns das schon oft zitierte „Kleine Mühlenbuch“ von Hermann Gleisberg. In ihm wird aus dem Wandertagebuch von Reinhold Jeß in Fremdiswalde im Jahre 1889 das erste Vorsprechen des Gesellen in einer Mühle angeführt, wo schon ein bestimmtes rituelles Gebaren klar zum Ausdruck kommt: „Am 7. Mai vormittags marschierten wir beide ab. Mein Reisekollege war etwas abergläubisch. Als wir in der Nähe von Kannegießers Sandgrube kamen, kam uns eine alte Frau mit Tragkorb in Sicht. Schnell meinte mein Kamerad Emil: Dieser alten Frau dürfen wir nicht zuerst begegnen, da haben wir kein Glück! Gesagt, getan. Wir bogen links in die Sandgrube ein und ließen die Alte erst vorbei. Wir kamen nach Wurzen und Leipzig. In Leipzig gingen wir mit Herzklopfen zum ersten Mal in den dortigen Mühlen vorsprechen. Gleich beim ersten Umschauen faßten wir die nötigen Grobheiten von dem Herrn Obermüller, welcher das unvorschriftsmäßige Einwandern von uns beiden mit scharfen Worten bemängelte. Wir brachten unseren 'Glück zu'-Gruß vor Angst schon an, als wir unsere Berliner noch auf dem Rücken hatten. Dies rügte der Obermüller sofort. Die Zunft verlangt nämlich: Beim Einwandern legt der wandernde Müller den Berliner an die linke Treppenwange, der Stock wird darauf gelegt; bei Windmühlen, wo offene Treppen sind, wird der Stock zwischen die zweite und dritte Stufe gesteckt und der Berliner daran gehängt. Dann erst kommt der übliche Müllergruß: 'Glück zu! Schönen Gruß vom letzten Meister und Gesellen.' Nach erhaltenem Geschenk und Rüge gings weiter, die gute Lehre uns zu Herzen nehmend.“ (ebd., S. 74)

Ein weiteres Beispiel für die teilweise rituelle Führung des Mühlenhandwerks in der Vergangenheit ist die vorgeschriebene Handlungsweise für die Aufnahme des Lehrjungen in die Gesellenschar. „Das Zeremoniell begann gewöhnlich mit der Verlesung der Handwerksgewohnheit durch den Altgesellen. Dabei wurden dem jungen Müller allerlei Vorschriften und gute Ratschläge ... gegeben ... Nachdem der Lehrjunge sein Gelöbnis durch ein lautes Ja bekräftigt hatte, mußte er der ganzen Brüderschaft vom ältesten zum jüngsten Mitglied die Hand geben und der Altermann erklärte: 'Nun Dir ist Handwerksgebrauch und Sitte vorgelesen worden, und Du hast auch allhier vor öffentlichem Amt angelobt und die Hand darauf herumgegeben, daß Du solchem allen ehrlicher und aufrichtiger Weise nachleben und halten wollest, wirst Du aber wider Dein Gelübde handeln und nicht nachkommen, was Du mit Handgeben treu versprochen hast und wirst darüber bestraft werden, so wollen wir vor Gott und Welt entschuldigt sein.'

In manchen Müllerinnungen folgt nun ein drastisch derber Akt. In der Stargarder und Pyritzer Müllerinnung zum Beispiel war der Altermann des Gewerbes nach alter Gewohnheit gebunden, den Lehrjungen zwei Ohrfeigen zu geben und dabei zu sprechen: 'Das leide von mir und dem ganzen Gewerbe Werke, sonst aber von keinem mehr.'" (ebd., S. 70) Diese rauhe Verabschiedung des Lehrjungen aus der Lehrzeit durch den Altmeister der Innung erinnert noch ganz entfernt an Initiationsrituale der alten Kulturen, wo Jugendliche gleichfalls durch eine, aus unserer heutigen Sicht, grobschlächtige Behandlung in die Erwachsenenwelt initiiert wurden. Auf diese alte Mühlentradition werden wir noch einmal zu sprechen kommen, wenn wir uns mit dem Roman „Krabat" beschäftigen.

Die Mühle und das Mondsymbol

Wird die Müllerei als ein Handwerk geschildert, das den Wesensgehalt des Lebens symbolisiert, so ist zu fragen, ob es nicht mit einem anderen Lebenssymbol in Zusammenhang steht. Und wir finden tatsächlich eine Verbindung zwischen Mond und Mühle.

Es ist doch „sehr bezeichnend, daß man aus den beim Volke so beliebten astrologischen 'Planetenblättern' des 15. und 16. Jahrhunderts die Müller der 'luna', das heißt dem Mond, den man ja auch zu den Planeten zählte, untergeordnet findet ... So läßt zum Beispiel der mittelalterliche 'Meister des Hausbuchs' (1480) die dort abgebildete Luna von sich sagen:

Der Sterne wirken geht durch mich,
ich bin unstet und wunderlich.
Meine Kinder man kaum zähmen kann.
Niemand sind sie gern untertan.
Ihr Antlitz ist bleich und rund;
braun, grausame Zähne, einen dicken Mund.
Übersichtig, scheel, einen engen Gang,
gern hoffärtig, träg, der Leib ist nicht lang.
Läufer, Gaukler, Fischer, Marner,
Fahrende Schüler, Vogler, Müller, Bader,
und was mit Wasser sich ernährt,
dem ist des Monats Schein beschert." (ebd., S. 80)

Nun stellt der Mond bei den alten Völkern zweierlei dar. Zum einen erscheint er als „kosmische Erde: stofflich, wie die unsrige, empfangend wie sie, mütterlich gebärend gleich ihr, und in dem steten Wachsen und Abnehmen den ewigen Wechsel der aus dem Mutterschoße des Stoffes hervorgehenden Schöpfung wie im Bilde darstellend." (Bachofen: „Das Mutterrecht", 1975, S. 130) - das heißt, der „Sonne gegenüber ist der Mond der weibliche empfangende Stoff." (ebd.) Jedoch zum anderen ist der Mond der „Erde gegenüber der selbst wieder Samen aussendende männliche Befruchter. Was er von der Sonne empfangen, das gießt er in den feuchten Strahlen seines nächtlichen Scheines selbst wieder über die Erde aus, den Boden, wie alles weibliche Geschöpf, damit zu befruchten ... So wird der Mond der Sonne gegenüber Mutter, in seinem Verhältnis zur Erde Vater aller Zeugung." (ebd.)

Der Mond erfüllt demnach wie die Mühle eine Doppelfunktion. Beide sind gekennzeichnet durch das Wechselspiel von Tod und Leben. Wobei der Mond insbesondere die Beziehung von Empfängnis und Zeugung darstellt. Er nimmt die Lichtstrahlen der Sonne in sich auf, wird also von ihnen befruchtet, und ist in der Lage, diese in neuer Form (in neuem Strahlenglanz, mithin in andersgearteter Lebendigkeit) weiterzugeben an die Erde.

Die Analogie von Mond und Mühle finden wir also darin, daß beide den sich bedingenden Prozeß von Entstehen und Vergehen verkörpern. Das wird insbesondere beim Mond deutlich sichtbar. Der abnehmende Mond stellt das Dahinscheiden des Lebens dar, bis der Neumond mit seinem dunklen Himmel den Zustand des Todes wiedergibt, während danach der zunehmende Mond die Geburt einer neuen Lebensperiode ausdrückt, die im Vollmond dann ihre Vollendung findet, bis der abnehmende Mond ein erneutes Sterben anzeigt, was wiederum Ausgangspunkt (Voraussetzung) ist für das später eintretende erneuerte Erscheinen des Mondes. (Daß die Naturwissenschaften die Mondphasen als „optische Täuschung" entlarvten, weil Sonne, Mond und Erde eine unterschiedliche Stellung zueinander im Laufe einer bestimmten Periode einnehmen, braucht bei unserer Interpretation nicht vordergründig berücksichtigt zu werden, weil das sichtbare Phänomen für den Menschen auf der Erde deswegen trotzdem erhalten bleibt und seine Seele immer noch darauf reagieren kann, wenn auch in weit schwächerer Bedeutung als es beim archaischen Menschen geschah. Im übrigen vermögen auch die Naturwissenschaften die Abhängigkeit von Tod und Leben in vielfältigster Form nachzuweisen, wenn es für ihre Forschungen vonnöten ist, aber der Nachweis dessen würde uns jetzt zu weit von unserem Thema entfernen.)

Weil es eine enge symbolische Verwandtschaft zwischen Mühle und Mond gibt, steht die Mühle unter anderem auch der Symbolik des Weibes sehr nah, schließlich sind beim Mond wie bei der Frau Ähnlichkeiten in ihren wesentlichen Lebensäußerungen festzustellen. Das Weib empfängt, wie der Mond von der Sonne, ebenfalls die Befruchtung des Mannes. In ihrem unsichtbaren Reich, dem Inneren ihres Leibes, vollzieht sich dann die Vorbereitung für die Geburt einer neuen Lebenserscheinung, die, tritt sie zu Tage, in jedem Fall als Lebensgewinn bezeichnet werden muß.

Schenken wir den bisherigen Ausführungen Glauben und halten wir an der Analogie der Wesensaussagen der Mühle, des Mondes und schließlich des Weibes fest, verwundert es uns nicht mehr, daß das Mahlen des Getreides, wie die landwirtschaftliche Tätigkeit, ursprünglich Frauenarbeit gewesen ist. Bei den alten Völkern wurde die notwendige Arbeit so verteilt, daß jedes Geschlecht das Handwerk ausführte, bei dem eine Verwandtschaft in der spezifischen Charakteristik zwischen beiden, dem Mann oder Weib und seiner Tätigkeit, bestand. Dabei spielt die Körperkraft nicht immer eine entscheidende Rolle. Die Frauen waren mit ihrer Fähigkeit sich befruchten zu lassen und danach Kinder zu gebären, in einer gewissen Weise nahezu prädestiniert für die Mehlerzeugung. Denn wie bei der Zeugung und Geburt des eigenen Kindes, wo sich die Frau dem natürlichen Prozeß weitgehend unterordnen muß, ist es, wie wir bereits feststellten, ebenfalls bei der Mühlenarbeit notwendig, sich dem technologischen Vorgang einzugliedern, der fast ausschließlich auf die Eigenschaften des Ausgangsproduktes ausgerichtet ist. Abgesehen davon zählte das Mahlen bzw. damals das Zerstampfen des Getreides zu den Feldarbeiten, also zu den vorrangig ortsgebundenen (heute würden wir sagen häuslichen) Beschäftigungen, was bei den ursprünglichen Menschengemeinschaften Sache des Weibes war.

Der Verfasser konnte sich durch persönliche Berichte und Fotodokumente überzeugen, daß zum Beispiel in einem Dorf im Norden Namibias, wo der Einbruch der Zivilisation noch nicht alle ursprünglichen Lebensformen vernichtete, heute noch die wegen der einfachen technischen Hilfsmittel recht anstrengende körperliche Arbeit des Mahlens (dort von Hirse) von den Frauen verrichtet wird.

Erst mit der weitgehenden Technisierung des Mahlverfahrens wurde die Arbeit in der Mühle eine Männerdomäne. Unter anderem deswegen, weil der Einsatz der Technik nicht nur die Möglichkeit schuf, immer größere Mengen an Getreide in einer Mühle zu vermahlen, sondern die Vermahlung selbst wurde dadurch gleichzeitig erheblich intensiviert. Das bedeutete für den Müller einen erheblich höheren Kraftaufwand bei seiner Tätigkeit, als es das vorangehende Zerstampfen des Getreides ohnehin schon war.

Rückschüttmühlen erforderten beispielsweise am Anfang das Abfangen der Zwischenprodukte (Schrot-Grieß-Gemisch) in Säcke, die dann wieder zu dem Einlauf des Mahlganges getragen und in diesen geschüttet wurden. Die Säcke waren 100 Kilogramm schwer. Mit dem gleichen Gewicht wurde das Mehl in Säcke abgefüllt und zum Bäcker transportiert. Eine solch schwere körperliche Betätigung konnte nur noch von Männern verrichtet werden.

Im Laufe der letzten zwei Jahrhunderte wurde die Arbeit des Müllers wieder leichter, indem ein kontinuierlicher Mahlprozeß entwickelt wurde, der eine körperliche Beförderung der Zwischenprodukte nicht mehr notwendig machte. Auch verringerte sich das Gewicht der Mehlsäcke, erst auf 75 Kilogramm, und nachdem nun Papier und nicht mehr Stoff als Verpackungsmaterial dient, wurde das Mehl in 50- und schließlich in 25-Kilogramm-Säcke eingesackt.

Heute wird das Mehl zum größten Teil lose in Silofahrzeugen zum Bäcker gefahren. Man lädt das Mehl aus den Mehlzellen der Mühle in die Silokammer des Lastkraftwagens und bläst es von dort mit Druckluft in die Mehlzelle des Bäckers.

Es sei an dieser Stelle noch darauf aufmerksam gemacht, daß sich durch die Wandlung einer ursprünglichen Frauenarbeit in eine typische Tätigkeit für Männer die Wesensaussage des ausgeübten Handwerks nicht unbedingt ändern mußte, jedoch die Perspektive auf die eigene Arbeit einen Wechsel erfuhr. Aus der Analogie der unmittelbaren persönlichen Erfahrung bzw. der direkten seelischen Entsprechung bei den Frauen mit dem Handwerk des Mahlens ist, durch den Übergang zu einer ausschließlich männlichen Betätigung des Mühlenhandwerks, ein distanzierter Blick auf die ausgeübte Beschäftigung entstanden, der die immer weiter fortschreitende technische Entwicklung der Mühlen erst mit ermöglichte. Die unmittelbare Verrichtung der Arbeit, wie es bei den Frauen geschah, legt das Hauptaugenmerk darauf, daß die Handlung getätigt wird (wir können auch davon sprechen, daß die Frau in ihrer Betätigung aufgeht, das heißt in diese vollständig integriert ist). Das zurückhaltendere Hinblicken auf das eigene Tun, das die Arbeit der Männer kennzeichnet, weil es hier keine aus dem individuellen Erleben hervortretende seelische Verbindung zu ihr gibt, legt wesentlich mehr Wert auf die Frage, wie die Arbeit verrichtet wird.

Wir werden im letzten Kapitel darauf zurückkommen, daß sich durch die Entwicklung von der handwerklichen Mühle zur Industriemühle ebenfalls die Perspektive des Müllers auf seine eigene Tätigkeit geändert hat, und erst wenn wir uns jener wirklich bewußt sind, können wir feststellen, ob die Kernaussage der Vorgänge in der Mühle eine Verschiebung erfuhr.

Gottes Mühlen und der Teufel

Wir sprachen davon, daß die Mühle durch die Verdichtung der Lebensaussage als etwas „heiliges“ angesehen wurde und deswegen, neben anderen Gründen, häufig außerhalb der alltäglichen menschlichen Betriebsamkeit stand. „So lag die Mühle als Wassermühle [beispielsweise] oft weit vom Dorf oder von der Stadt entfernt, nämlich ‘in einem kühlen Grunde geht das Mühlenrad’. Diese Abgeschiedenheit machte sie unheimlich. Mysteriöse Mehlstaubexplosionen ließen nicht selten Mühlen in Flammen aufgehen. Die Menschen vermuteten, der Teufel habe seine Finger im Spiel.“ (Möhlenkamp: „Die Mühle in Märchen und Recht“, in „Zaubermärchen - Forschungsberichte aus der Welt der Märchen“, S. 269)

Eine solche Auffassung entstammt dem christlichen Glauben, und es ist nach dem bisher aufgeführten naheliegend, daß in den Mühlen, wo die Polarität von Leben und Tod im handwerklichen Tun recht deutlich zum Ausdruck kommt, nicht allein Gott vorherrscht, man denke nur an das alte Sprichwort: „Gottes Mühlen mahlen langsam, mahlen aber trefflich klein“, sondern auch sein Widerpart, der Teufel.

Betrachten wir zunächst die Mühle unter dem Blickwinkel der christlichen Lehrmeinung. Nach ihr konnte die Mühle als Gebäude durchaus als ein Symbol für das Gotteshaus gelten. Und es wurden tatsächlich einige Mühlen zu einem solchen umgebaut. So „am Niederrhein in Rheinberg-Budberg, Kr. Moers, eine 1842 erbaute massive konische, sogenannte holländische Windmühle. Noch 1911 windbetrieben, wurde in ihr nach einem Brand bis 1920 elektrisch gemahlen.

Nach 1932 Heim für Hitlers SA wurde sie 1949 zum Mittelpunkt und Glockenturm der neuen katholischen St. Marienkirche. Als Altar nutzte man den Mühlstein. (Herzberg: „Die Mühle zwischen Religion und Aberglauben", S. 22) Die Mühle als Kirche, das ist keine große Entfremdung, denn sie „als Mahlgang ist ... auch als Leib Christi in all seiner allegorischen Mehrdeutigkeit zu verstehen". (ebd., S. 14) Der Mahlgang kann „ebenso wie der Altar, Christus versinnbildlichen; kann durch den Mahlgang das Wort Fleisch werden ... [Inkarnationsgedanke]" (ebd.), denn in ihm wird mit dem Vorgang der Vermahlung Christus geopfert [Passionsgedanke] und aus ihm kommt das Brot des Lebens [Eucharistiegedanke]. Diese Auffassung faßt der protestantische Pfarrer von Wennigstedt 1552 in folgende Worte: „Die Mühle als Gang ist ... 'die heilige christliche Kirche / in welcher die auserwelten Gottes / gleich wie das auserwelte korn durch viel trübnis vom staube vnd vnreinigkeit gefegt / gesichtet / und gemahlen werden / auf das sie ein rein Brodt vnd Leichnam Christi werden.'" (ebd.)

„Gleichzeitig steht die Mühle im mystischen Sinne symbolhaft für die Seele des Gläubigen, die durch das Wort, mit dem Wort und in dem Wort lebt und durch das Mahlen wie bei der Folter durch die Zähne wilder Tiere (nach Ignatius von Antiochien, gestorben um 117), 'ut panis mundus inveniar' - 'wie Brot rein gefunden werde'.

Die Mühle ist jedoch nicht nur Werkzeug zur Reinigung der Seele, sondern auch Werkzeug zur Reinigung der Lehre bzw. des Glaubens. Das drückten bereits im 12. Jahrhundert Bilder in Frankreich aus: Das ungemahlene Korn, die im alten Bund Moses auf dem Sinai offenbarte Lehre, wird im Bund zur Mühle gebracht, um dort durch Paulus (?) von der Kleie gereinigt zu werden und als das reine Mehl des Glaubens hervorzutreten." (ebd., S. 14f.)

Wir finden hier mit dieser christlichen Auffassung eine eindrucksvolle Bestätigung unserer Deutung des Wesensgehaltes der Mühle. Auch mit ihr wird die Mühle, konkret der Mahlgang, als Ort des Sterbens und damit der Möglichkeit eines neuen Lebens angesehen, woraus sich die Verbindung mit Christus herleitet. Er kann gleichfalls nur ein neues Leben beginnen, wenn er den Tod erlitten hat. Dabei bedeutet das Sterben kein eigentlich bedeutungsloses Durchgangsstadium von einer Seinsform (der des Diesseits) in eine andere (die des Jenseits), sondern der Wechsel findet nur statt, wenn die Qual des Sterbens wirklich erlitten wird.

Der heutige Mensch erlebt zwar immer noch das für ihn eigentlich unvorstellbare und deswegen unerträglich scheinende Geschehen des Sterbens, aber, wie wir in einem anderen Zusammenhang schon einmal erwähnten, versucht er es zu verdrängen; und das vornehmlich auf zwei verschiedene Weisen. Zum einen will der Mensch den Abstand zum Tode vergrößern. Dazu gehören die Aktivitäten, die das Einzelleben verlängern sollen, wie die fieberhafte Entwicklung der Medizin oder die bewußte persönliche Ausrichtung auf eine gesunde Lebensweise, gerade in Fragen der Ernährung und Körperertüchtigung. Zum anderen verbannt der heutige Mensch den Tod aus der Zukunft, indem er sich allein auf die Nachlebensphase konzentriert, ohne zu fragen, wie er dahin gelangt; er überspringt einfach das Stadium des Sterbens. Hier sehen wir an einem Beispiel, daß sich der moderne Abendländer von der ursprünglichen Übertragung der christlichen Lehre durch die biblischen Geschichten nicht mehr leiten läßt, daß er andere Formen der Orientierung gefunden hat, um das Christentum in der Gegenwart zu verwirklichen. Im „Neuen Testament“ nimmt nämlich gerade Jesus' qualvolles Sterben am Kreuz eine Schlüsselstellung im biblischen Geschehen ein. Der Schmerz, den Jesus mit der Kreuzigung erleidet, führt soweit, daß er sich ausgerechnet in diesen Augenblicken von seinem Vater verlassen fühlt (siehe Matthäus 27-46 und Markus 15-34 - bei Lukas befiehlt er dem Vater als letzte diesseitige Lebensäußerung, seinen Geist zu empfangen, was nicht für eine Überzeugung spricht, und Jesus letzte Worte im Johannesevangelium „Es ist vollbracht!“ sind eher als ein jenseitiges Resümee seines Todes anzusehen), das heißt, daß er im Augenblick des Todes seine vollständige Einsamkeit als Mensch spürt, eine endgültige und vollkommene „Enttäuschung“, die nur mit dem Auslöschen seines Erdendaseins versöhnt werden kann.

An dieser Stelle muß freilich noch erwähnt werden, daß der Vergleich zwischen dem Mahlgang und Christus in einem entscheidenden Punkt nicht ganz zutreffend ist. Christi Auferstehung zu einer neuen Existenz ist die Wiedergeburt ein und desselben Individuums, das auf der Erde lebte und dort gekreuzigt wurde, während das Mahlen in der Mühle die allgemeine Möglichkeit ausdrückt, daß mit dem Sterben (der Zerstörung des Kornes) Bedingungen (in Form eines gewonnenen Lebensmittels) geschaffen werden können, die den Erhalt andersgearteten Lebens gewährleisten. Das Mehl unterscheidet sich vom Ausgangsstoff, dem Getreide.

Die trotzdem vorherrschende Verbindung von Mühle und Gotteshaus wird ebenfalls deutlich durch Gegenstände aus der Mühle, die heute noch in der Kirche zu finden sind. In zahlreichen Kirchen wurden beispielsweise Mahlsteine eingemauert, oder Mühlsteine „sind als Fuß oder Kuppa von Taufsteinen genutzt worden“ (ebd., S. 65 - Angaben, bei welchen Kirchen dies noch zu sehen ist, siehe ebd., S. 26 und S. 38) Weiterhin nutzte man Mahltröge als Weihwasserbecken. „Im 9. Jahrhundert kam die Sitte der Selbstbesprengung mit Weihwasser beim Eintritt in die Kirche auf, um, wie es im Weiheritus heißt, dadurch vor den Angriffen des bösen Feindes geschützt zu sein. Sie machte die Aufstellung, dann die Anbringung von Weihwassergefäßen (urceus lat. Krug) an den Kirchentüren notwendig. Man gab ihnen, ebenso wie den tragbaren Gefäßen für die Aspersion (Besprengung) des Volkes beispielsweise, schon früh eine künstlerische Ausgestaltung ...

Begreift man, wie der Mensch des Mittelalters, die Mühlsteine als Symbole heidnischer Zauberkraft, dann waren die an Kirchenportalen eingemauerten Mahltröge Schutzmittel vor den Dämonen. Dann mußte ihre Verwendung als benediziertes Weihwasserbecken jedesmal auf die bewußte Indienststellung eines heidnischen Gegenstandes durch das Christentum hindeuten, wobei dieses heidnische Sinnbild sogar ‘gezwungen’ war, Weihwasser aufzunehmen, das bekanntlich wegen seiner reinigenden, segnenden Wirkung gerade im Mittelalter auch zur Teufelsaustreibung benutzt wurde, denn ‘Nichts haßt der Teufel mehr als das Weihwasser’ ... Nach der Einführung der Reformation wurden die Weihwasserbecken entfernt ... Daß deshalb die wahrscheinlich einzigen aus dem Mittelalter stammenden Weihwasserbecken in evangelischen Kirchen eben diese Mahltröge sind, scheint daher schon bemerkenswert. Besonders auffällig ist die Nutzung derartiger plump wirkender, unansehnlicher Mahltröge als Weihwasserbecken in einer künstlerisch eindrucksvollen Kirche mit ihrer, manchmal noch heute in den Resten erkennbar aufwendigen mittelalterlichen Ausstattung.“ (ebd., S. 35f.) Wir sehen also, der sogenannte „heidnische Mahltrog war, mit Weihwasser gefüllt, ... apotropäisch [Unheil abwendend] wirksam. Er sollte dem Kirchenraum und dem eintretenden Gläubigen Schutz bieten.“ (ebd., S. 65) Schutz kann aber nur der Gegenstand oder die Erscheinung bieten, die für den Menschen beides, „gut und böse“, „nützliches und verderbliches“, in sich vereint, denn nur der erhalten gebliebene Spannungsbogen der Gegensätze kann einfallende Einseitigkeiten ausgleichen.

So ist auch in der Mühle nicht nur der christliche Gott anwesend, sondern gleichzeitig der Teufel. Denn ohne das Abbild der teuflischen Schrecklichkeit wäre die Herrlichkeit des „Herrn" nicht wirklich sichtbar. Wir könnten die Lichtgestalt Gottes gar nicht gewahren, wenn sie nicht der Finsternis des höllischen Reiches gegenüberstünde. Und umgekehrt wäre das Dunkle, Undurchschaubare zu keiner Vorstellung zu formen, wenn es nicht vom Licht bestrahlt würde.

In welcher Form nun der Teufel in Erscheinung tritt, ist sekundär, er muß als Gegensatz Gottes auftreten, wollen beide in der Mühle, die das Wesen des Lebens, also die Polarität von Leben und Tod, ausdrückt, ihre für die Menschen erlebbare Existenzberechtigung haben. Wie dabei die eine Seite auftritt, so präsentiert sich gleichzeitig die andere Seite; Gott und Teufel sind in ihrer Verschiedenheit untrennbar.

Renate Zelger nennt in ihrem Aufsatz „Teufelsverträge im Märchen - 'Der Müller ist des Teufels Lust'" einige Gründe für den Zusammenhang von Mühle und Teufel, ohne freilich auf die, aus christlicher Sicht, Notwendigkeit der teuflischen Anwesenheit in der Mühle aufmerksam zu machen. Sie führt aus: „Da die Mühlen sich, meist in einer geheimnisumwitterten Aura dunkler Wälder, außerhalb der Dorfgemeinschaften befanden, kehrte dort allerlei fahrendes Volk ein, das in den umfriedeten Dörfern nicht gern gesehen wurde: Spielleute, Gaukler, Bärenführer, Angehörige unehrlicher Berufe wie etwa Abdekker, Bader, Leinweber und Marktschreier, aber auch gesuchte Verbrecher, denen die Mühle als sogenannte Freistätte, nämlich als Asyl offenstand. Zu denen, die einem verfemten, zunftunfähigen Gewerbe nachgingen, gehörte auch der Müller, verfemt deswegen, da sich auch sein Gewerbe ... in der Nähe des Todes befand" (Zelger: „Teufelsverträge im Märchen - 'Der Müller ist des Teufels Lust'", in: „Zauber Märchen - Forschungsberichte aus der Welt der Märchen", S. 256f.), denn er zerquetschte „das von Gott geschenkte Korn zwischen zwei Steinen" (ebd., S. 257) Die Nachtseite der Mühle und ihre Abhängigkeit von der Tagseite tritt hier deutlich hervor. Ohne das Gottesgeschenk des Getreides ist die teuflische Arbeit der Zerstörung desselben nicht möglich, wie gleichzeitig ohne diese Tätigkeit die andere Gabe Gottes, das Mehl als Grundstoff des Brotes, nicht erworben werden kann.

„Noch ein Schlupfloch gab es, durch das sich der Teufel Eingang zur Mühle verschaffte: die Mühlenprostitution. Denn die Mühle galt als Brutstätte von Ehebruch und Prostitution. Noch 1573 droht eine Braunschweiger Polizeiordnung mit Strafen, wenn ‘ein Ehemann oder eine Ehefrouwe in unseren rats mühlen, wenn sie dar malen liesten, Ehebruch treiben’. Und gewiß nicht zufällig ist Santa Verena, hinter der sich eine germanische Liebes- und Ehegöttin verbirgt, die Beschützerin der Müller.

In dieser Atmosphäre führt sich der Teufel als wahrer Moralapostel auf, und es bietet sich die Gelegenheit, sich als Vollzieher göttlicher Strafgerichtsbarkeit an den Frauen zu rächen, die ihn durch List so oft um seine berechtigten Forderungen gebracht haben.“ (ebd., S. 259)

Die Mühle und die „freie Liebe“

Das Auftreten des Teufels hat uns zu einem anderen Phänomen, das in der Vergangenheit mit der Mühle in Zusammenhang stand, gebracht: dem freizügigen Verkehr der liebenden Begegnung.

„Schon in der Antike war die Mühle mit den darin beschäftigten Sklaven ein bevorzugter Ort von Sinnenlust und Prostitution. Sexualriten, die ihren Ursprung in den antiken Mühlen mit den darin beschäftigten Sklaven haben, setzen sich fort in den Mühlendirnen, Freudenhausmühlen und Mühlenliedern erotischen Inhalts bei allen Völkern des Abendlandes. Nicht nur galt Mahlen als uralte Metapher für den Geschlechtsakt, sondern Müllerin und Ehebruch sind oft verkoppelte Motive. So heißt es im Bergliederbüchlein aus dem Jahre 1740 (Nr. 127):

Hast du die Nacht gemahlen, sprach sich der Müller stolz,
die Mühl will ich verstellen, das Kammrad und die Welle,
daß du nicht mahlen kannst.

Und fährt fort, als sich die untreue Ehefrau unbeeindruckt zeigt:

Die Mühl will ich verkaufen, das Geld will ich versaufen,
bei schönen Jungfräulein.“ (ebd., S. 259f.)

Und Andreas Möhlenkamp schreibt zu dieser Thematik: Wo „viele Mahlgäste zusammenkamen, ging nicht nur der Müller, sondern gingen auch die Dirnen ihrem Handwerk nach. Das ‘Mahlen’ festigte sich dadurch als ein Bild für den Geschlechtsakt. Wenn die Gäste zum Mahlen kamen, gingen sie oft auch zu den Mädchen an der Mühle. In einem deutschen Volkslied aus dem 14. Jahrhundert heißt es: 'Ich weiß mir eine Müllerin, ein wunderschönes Weib, wollt Gott, ich sollt bei ihr malen, mein Körnlein zu ihr tragen, das wär der Wille mein.'

Ein spanisches Volkslied wird noch deutlicher: 'Ich komm vom mahlen, Du Schwarzbraune, von den Mühlen dort drüben, Ich hofiere der Müllerin, y olé - Sie erläßt mir das Mahlgeld, weil ich zum Mahlen komme, Du Schwarzbraune.'

Die Wurzel dieses Bildes liegt bereits in den Zeiten, als noch in der Handmühle das Korn zum Mahlen vorbereitet wurde. In einem Bodenstein liegend, wurde das Korn fortwährend mit einem Stößel gestoßen, bis es von den Hülsen getrennt war. Dieses Bild übertrug sich später auf Wind- und Wassermühlen, die - jedenfalls auch - zum Ort für Lustbarkeiten geworden waren. In diesen Zusammenhang gehört auch das Pariser Varieté 'Moulin rouge'." (Möhlenkamp, S. 269)

Betrachten wir dieses Phänomen von unseren bisher hergeleiteten Funden aus, so stellt sich sehr schnell ein Zusammenhang zwischen der allgemeinen Abgelegenheit der Mühle und dem Betreiben der sogenannten freien Liebe in ihrem Umkreis her. Wobei wir die Abgeschiedenheit der Mühle von den Dörfern und Städten nicht allein als eine bloß praktische Notwendigkeit erkannten, vielmehr galt die Mühle auch als Stätte, wo geheime Zusammenhänge zu Tage treten, die das Leben ermöglichen. Das machte sie zu einem heiligen Ort, dem die damaligen Menschen entsprechenden Respekt entgegenbrachten und deswegen ein Abstand von der Alltäglichkeit notwendig war. Demgemäß erfuhren auch andere Lebenserscheinungen im Bereich der Mühle eine Steigerung, die gerade dort aus ihrer „normalen" Existenzform herausfielen. Daß zudem religiöse Ergriffenheit auch in erotische Ekstase münden kann, beweist die Religionsgeschichte in jeder Epoche eindrucksvoll.

Aber wir dürfen den Sachverhalt nicht dahingehend mißverstehen, daß die „freie Liebe" zur damaligen Zeit durchgeführt wurde, um dem Drang nach persönlicher Freiheit einen äußerlich wahrzunehmenden Ausdruck zu geben, denn dann wäre das sexuelle Geschehen in genau dieselbe Beliebigkeit gefallen, wie wir es heute erleben. Die körperliche Zuneigung hatte vor einigen hundert Jahren noch nicht diese relative äußere Gleichgültigkeit gegenüber religiösen und gesellschaftlichen Auffassungen, sie war vielmehr oft Sinngeber der liebenden Begegnung.

Wenn also die Mühle ein Ort war, wo die allgemeinen sittlichen Gepflogenheiten des geschlechtlichen Kontaktes teilweise aufgelöst wurden, so ist diese Tatsache in Verbindung mit der besonderen Rolle der Mühle zu sehen, die sich aus der speziellen Aussage der Arbeitsvorgänge in ihr ergab, und die deshalb außerhalb des Alltagsgeschehens stand. Auch in der „freien Liebe“ erlangte ein Lebensphänomen eine gegenüber dem Alltag gesteigerte Wirksamkeit, insofern sie mit einem Menschen erlebt wurde, an dem sich ein neues Liebesverlangen entzündet hatte, das aber aus diesem Grund einen „Ehebruch“ (der meist nicht äußerlich vollzogen wurde) erforderlich machte. Diese neue von der damaligen Gesellschaft noch nicht anerkannte Beziehung, die sich außerhalb der von der Menschengemeinschaft festgelegten Regel abspielte, erreichte oft eine persönlich empfundene Intensität, die vorher kaum erlebt wurde. Die besondere Heftigkeit dieser Art der liebenden Begegnung rührte daher, weil der Bestand der Liebe durch äußere Anlässe dauernd gefährdet war.

Auch in diesem Fall führt der sich erhaltende Spannungsbogen von Leben und Tod, hier der Liebe, zum intensivsten Erlebnis, das der Alltag nicht kennt.

Die hier gemeinte „freie Liebe“ ist also nicht als Prostitution zu verstehen. Bei ihr findet eine fast ausschließlich körperliche Begegnung statt. Dabei kann man nur in der Weise von einer freizügigen Liebe sprechen, als sie weitgehend losgebunden ist von der seelischen Beziehung zum Geschlechtspartner. Meist genügt eine oberflächliche Sympathie (oder gar nur Reizung), um die Hemmschwelle der natürlichen Scham zu überwinden. Trotzdem drückt auch der vollzogene Akt bei der Prostitution die Notwendigkeit aus, daß erst im Vergehen (der Preisgebung des Leibes) ein lebendiges Erlebnis entsteht; wenngleich die Hingabe der Persönlichkeit in ganz anderer Art vollzogen wird als bei der wirklichen Liebe. Bei letzterer erwächst in der Regel aus der liebenden Beziehung eine neue Qualität der Persönlichkeitsentwicklung, während bei der Prostitution die Entweihung der Individualität durch die völlige Entblößung eher zu einer Einbuße des Eigenwertes führt. (Freilich muß gleichzeitig in der heutigen Zeit die „käufliche Liebe“ unter dem Aspekt der religiösen Verehrung des Geldes betrachtet werden, doch verbietet es sich wohl, in diesem Zusammenhang von einer Lebenssteigerung zu sprechen. Es besteht zumindest bei den meisten Menschen immer noch das tiefe Bedürfnis, die sogenannte romantische Liebe zu erfahren, wenn sie auch in einer Gesellschaft der weiter fortschreitenden Entfremdung und Distanzierung, sprich der Vereinzelung, sehr schnell in Gefahr gerät, an dem Emanzipationsbestreben des heute fast ausschließlich selbstbezogenen Ichs gegenüber der Welt, in dem es lebt, zu scheitern.)

Daß für den Menschen sowohl die Liebe als auch die Mühle Symbol des Lebens sein kann, wird schon allein dadurch verständlich, daß beide Phänomene nicht wirklich vollständig beherrscht werden können. Es ist zwar beispielsweise möglich, das Erlebnis der körperlichen Begegnung in der Liebe mit bestimmten Techniken zu bereichern, wie man die Mühle mit technischen Hilfsmitteln so verbessert, daß ein qualitativ hochwertigeres Endprodukt entsteht (zum Beispiel „sauberes", von Schalenteilchen fast völlig befreites Mehl), trotzdem bleibt bei beiden, der Liebe wie der Mühle, ein Rest der Erscheinung übrig, der vom Menschen nicht manipulierbar ist, dem er sich einordnen muß.

Der Müller kann den Prozeß in der Mühle nur steuern, wenn er sich dem prinzipiellen Ablauf einordnet, das heißt ihn akzeptiert; genauso ist eine Liebe erst dann möglich, wenn man das Ereignis, was zu einem großen Teil auf einen zukommt, hinnimmt, wie es ist. Die einzige Möglichkeit, die dem Menschen darüber hinaus immer offen steht, ist die Vorgänge zu verweigern, sich ihnen zu entziehen (in Bezug auf die Mühle, die Maschinen zu stoppen), jedoch bringt dann die jeweilige Erscheinung dem Menschen keinen Nutzen mehr.

Die Rechtsordnungen für die Mühle

Die Thematik abschließend kommen wir jetzt noch zu einem Abschnitt, in dem aufgezeigt wird, daß die Besonderheit der Mühle im menschlichen Dasein der Vergangenheit auch gesetzlich und damit schriftlich fixiert wurde. Diese speziellen Rechtsordnungen werden in jeder Ausarbeitung über das Mühlenhandwerk erwähnt, die über die Darstellung der Mühlentechnik hinausreicht, woraus sich die Bedeutung dieses Umstandes ableiten läßt, die man ihr schon immer beimaß. Wir wollen uns aber hier nur auf einige wenige Beispiele beschränken, die die außergewöhnliche Rolle der Mühlen auch im Rechtssystem klar zum Ausdruck bringen.

„Das wohl erste Mühlenrecht finden wir im Alten Testament. Im 5. Buch Moses heißt es : ‘Du sollst nicht den Mühlstein zum Pfande nehmen.’ Das Alte Testament enthält damit ein Pfändungsverbot. Und es liefert die Begründung gleich mit: ‘Du sollst nicht den Mühlstein zum Pfande nehmen, denn damit hättest Du das Leben genommen!’ (5. Buch Moses 24,6)“ (Möhlenkamp, S. 270) Erneut tritt der unlöslich scheinende Zusammenhang von Leben und Mühle zu Tage, was im Ergebnis des handwerklichen Tuns, der Gewinnung eines Grundnahrungsmittels, einen konkreten Ausdruck erhält.

Aber wenn die Mühle das Leben versinnbildlicht, so beinhaltet sie ebenfalls den Tod. Insbesondere der „Tod durch den Mühlstein ist ein uraltes Motiv und rechtsgeschichtlich-literarisches Zeugnis zugleich.“ Schon der „biblische Abimelech (2. Buch Moses 24,6) wird mit einem Mühlstein erschlagen.“ (ebd.)

Die Verbindung von Tod und Leben, die in der müllerischen Arbeit für den Menschen der Vergangenheit deutlich zum Ausdruck kam, führte dazu, daß er ihr mit heiligem Respekt entgegentrat. Diese Achtung findet durch den „Mühlenfrieden“ einen überzeugenden Beleg. „Niemand durfte die Mühle stürmen ... Einige Gebiete legten eine Bannmeile, eine Tabuzone, um die Mühle herum fest. Über den Mühlenfrieden lesen wir bereits im Sachsenspiegel, dem Rechtsbuch des frühen Mittelalters. ‘Frieden haben sollen Mühlen alle Zeit.’“ (ebd., S. 271) Denn hätte man eine Mühle bestürmt, wäre ein wichtiger Nahrungslieferant, also eine Lebensquelle, zerstört worden.

„Aus dem für die Mühle und ihre Gäste verkündeten Mühlenfrieden entwickelte sich ein besonderes Asylrecht der Mühle, demzufolge allerlei lichtscheues Gesindel dort Unterschlupf suchte, wobei die abseitige Lage so mancher Mühle dem natürlich zustatten kam. In einem Weistum von Langsur (Obermosel) wird dieses Asylrecht wie folgt beschrieben: ‘Ob jemandts den leib vermacht het (das heißt, wenn jemand das Leben verwirkt hätte), und darin (das heißt in die Mühle) komen mocht, solt er sechs wochen und drey tagh darin frey sein, und so er in die mhulle nit kommen konte, und die dhürr verspart (das heißt versperrt) werde, und allein den ringk von der mhullen dhurren ergreiffen mocht, soll er dieselbige freyheit auch hain.’“ (Gleisberg, S. 53)

Wir sprachen schon davon, daß die Mühle nur lebendig ist, wenn sie auch wirklich läuft (mahlt). Eine Konsequenz dieser Erfahrung war die rechtliche Einführung des „Mahlzwanges“ (jus cogendi), der erst im

19. Jahrhundert aufgehoben wurde. Er nötigte einen bestimmten Personenkreis, das Getreide nur in der von der Herrschaft bestimmten Mühle mahlen zu lassen. Ein weiterer Grund für ein solches Gesetz ist natürlich gleichfalls die Sicherung der Einnahmequelle, die eine Mühle durch die Mahlsteuer für die Obrigkeit darstellte. „Schon früh erdachten die Landesherren den Mahlzins. Jeder Mahlgast mußte entweder einen Geldbetrag oder einen Teil des Mahlgutes an den Müller abgeben." (Möhlenkamp, S. 268) Doch sahen wir oben schon bei der Veranlassung, die Mühle außerhalb der menschlichen Lebensgemeinschaft zu bauen, daß sowohl die praktischen Motive, wie die Wesensaussage der Mühle nie für sich allein die Ursache für den jeweils speziellen Sachverhalt bildeten, sondern, daß der eine Grund, wie beispielsweise der wirtschaftliche Gewinn, den anderen, daß die Mühle beständig mahlen muß, ergibt, wie auch umgekehrt die Einsicht, daß nur eine arbeitende Mühle zu einem (nicht ökonomisch gemeinten) Gewinn für das Leben führt, die Erkenntnis herausbildete, daß eine Mühle auch erst ökonomische Vorteile bringt, wenn sie nie still steht.

„Die Einhaltung des Mahlzwangs überwachte der Mühlherr durch Einführung der Kerbhölzer, die jährlich von der Mühle in den Zwangsdörfern auf die Häuser verteilt wurden. Ein Kerbholz bestand aus einem kleinen, der Länge nach in zwei Teile gespaltenen Holzscheit. Die eine Hälfte blieb in der Mühle, die andere mußten die Mahlgäste bringen, wenn sie ihr Korn zur Bannmühle brachten. Der Müller seinerseits stellte fest, ob die beiden Teile zueinander passen und schnitt für jeden zur Vermahlung abgelieferten Scheffel quer über die zusammengehaltenen Hälften eine Kerbe. Das nannte man das Anschneiden. Heute erinnert nur noch die Redensart 'etwas auf dem Kerbholz zu haben' an diese eigenartige Form der doppelten Buchhaltung." (Gleisberg, S. 58)

Neben dem Mahlzwang sicherte der Mühlenbann das kontinuierliche Mahlen der Mühle. „Zufolge des Mühlenbannes (jus prohibendi) durfte in einem bestimmten Umkreis, der Bannmeile, zum Schaden der vorhandenen Mühle keine neue Mühle gebaut werden. Dieses Verbietungsrecht versuchte man Ende des 16. Jahrhunderts auch gegen die damals allenthalben entstehenden neuen Windmühlen anzuwenden. Im Sächsischen Landeshauptarchiv befindet sich ein Aktenstück aus dem Jahre 1581, in dem 54 Windmühlen aufgezählt werden, die den alten privilegierten Amts- und Kommunalmühlen Abbruch tun. Es handelt sich um das sogenannte 'Vorzeichnuß deren Windtmuehlen, so denen

Muehlen an der Mildern, Elster, Pleissen, Luppen und Sahlen schedlich seindt.' Die einmal errichteten Windmühlen brauchten zwar nicht wieder abgerissen zu werden, mußten aber fortab einen besonderen 'Windzins' bezahlen. Noch im Jahre 1651 vertrat der Nürnberger Jurist Kaspar Klock die eigenartige Ansicht: 'Es ist das Recht der Obrigkeit, den Wind an die Mühlen zu verkaufen.'" (ebd., S. 57)

„Das Preußische Allgemeine Landrecht sagt es ähnlich: ... 'Der Wind gehört der Herrschaft.'" (Möhlenkamp, S. 271) Diese Regelung war notwendig, weil sonst die Wassermühlen im Nachteil gewesen wären, denn das gleiche Landrecht sagt aus: „Das Recht, Wasser- und Schiffsmühlen an öffentlichen Flüssen anzulegen, ist ein Vorbehalt des Staates. " (ebd.) [Preußisches Allgemeines Landrecht II 15 § 229]

„Für die Verwaltung und Leitung der Mühle hatten sich schon im frühen Mittelalter zwei verschiedene Rechtsformen herausgebildet. Entweder verwaltete der grundherrliche Eigentümer die Mühle selbst und ließ die anfallenden Arbeiten durch Müllerknechte verrichten oder es wurde die Mühle an einen gelernten Müller in miet- oder pachtähnlicher Form ausgetan, wie man früher sagte." (Gleisberg, S. 53) „Neben den teils eigenverwalteten, teils verpachteten Amts-, Kommunal- und Rittergutsmühlen waren nun aber etwa seit dem 12. Jahrhundert im Lande östlich der Elbe-Saale-Linie, wo den flämischen, fränkischen und thüringisch-sächsischen Siedlern aus dem Westen besondere Vergünstigungen eingeräumt worden waren, auch viele kleine Privatmühlen handwerklichen Charakters entstanden. Diese kleinen, meist nur mit einem Schrotgang ausgestatteten Bach- und Teichmühlen gehörten ihren Besitzern allerdings nicht zu völlig freiem Eigentum, sondern nur als eine Art Lehen. Nach der damaligen Rechtsordnung war das Eigentum an diesen kleinen Mühlen geteilt. Der Grundherr besaß das sogenannte Obereigentum, der Müller hatte das Unter- oder Nutzungseigentum, das wie echtes Eigentum bei seinem Tode auf Sohn und Enkel forterbte. Das grundherrliche Obereigentum hatte nur die Wirkung eines Verkaufsrechtes. Man nannte diese kleinen Müller daher allgemein Erbmüller. Sozusagen als Anerkennung für das bestehende Obereigentum hatte der Müller an den Landesherrn, das heißt, an das Amt oder den Rittergutsherrn, einen meist zu Walpurgis und zu Michaelis fälligen Erbzins in Gestalt von Geld oder landwirtschaftlichen Erzeugnissen, wie Getreide, Hühner, Eier, Wolle oder Flachs zu zahlen, ganz ähnlich wie der Bauer ... Andererseits war der Müller wegen seiner der

Allgemeinheit unmittelbar dienenden Tätigkeit von Frondiensten und später auch vom Herrendienst fast völlig befreit." (ebd., S. 59f.) Jedoch ist die Begründung der zuletzt genannten Vorrechte der Erbmüller nicht erschöpfend. Denn weitere Vergünstigungen der kleinen Müller weisen eher darauf hin, daß sie von den damals allgemein üblichen alltäglichen Verpflichtungen befreit wurden. Womit die oben schon öfter erwähnte besondere Rolle der Arbeit des Müllers, der in seiner Tätigkeit eine Heiligkeit des Lebens („heilig" bedeutet in unserem Zusammenhang immer: vom alltäglichen Geschehen gereinigt, das heißt eine reine, gesunde, unberührte Offenbarung) praktisch verwirklicht und sein Tun somit außerhalb des Alltags steht, noch einmal deutlich zu Tage tritt. Die Erbmüller „brauchten weder die Kirchenglocken zu läuten, noch Botschaften zu laufen, sie verrichteten keine Wachdienste und zahlten keinen Hirtenlohn, hielten auch kein Gemeinderind und brauchten weder den Gemeindescheffel noch den Kirchenzins abzuführen." (ebd., S. 60) Manchmal gingen die Vergünstigungen soweit, daß sie sich auch auf die Kinder des Müllers erstreckten, so daß sie zum Beispiel „vom Gemeindezwang für immer befreit sind und bleiben sollten." (ebd., S. 61)

Ein letzter Erweis für das spezielle Eigenleben der Mühlen bezieht sich auf die Teilnahme am gesellschaftlichen Leben, in das der Handwerker hauptsächlich durch Zünfte und Innungen eingebunden war.

„Wie bei den übrigen Handwerksvereinigungen sprach man auch bei denen der Müller in Oberdeutschland von Zünften und in Mittel- und Niederdeutschland von Innungen, während sich die Bezeichnung Amt in ganz Deutschland findet. Die zunftmäßigen Vereinigungen der Gesellen dagegen hießen Gesellschaften oder Bruderschaften." (ebd., S. 63) Jedoch erst im 17. Jahrhundert bildeten die Landmüller, die ja weit verstreut waren, eine eigenständige Müllerinnung, während sich die Müller vorher, besonders die Stadtmüller, „häufig mit den Bäckern, Zimmerleuten oder Maurern zusammenschlossen." (ebd., S. 65)

1653 wurde „zum Beispiel für den Stargarder und Pyritzer Distrikt eine einheitliche Müllerinnung ins Leben gerufen, der sofort 47 Müller aus dieser Gegend beitraten. Auch die sächsischen Müller gründeten 1659 eine Innung, die sich über das ganze Gebiet von Kursachsen erstreckte, der aber keine lange Lebensdauer beschieden war." (ebd., S. 65f.)

Kennzeichnend dafür, daß gleichfalls im Innungs- und Zunftwesen die Müller eine Sonderstellung einnahmen, ist, daß im „Gegensatz zu den alten freien Handwerkervereinigungen des Mittelalters, denen zum Beispiel auch im Wehrdienst der Städte eine besondere Bedeutung zukam, ... die so spät auf den Plan getretenen Innungen und Zünfte der Müller keinerlei politische Bedeutung mehr“ hatten. (ebd., S. 66) Sie konnten das ja vom Wesen ihrer Tätigkeit her auch kaum haben. Schon die abseitige Lage der Mühlen, die sie weitgehend vom Leben der Gemeinschaft ausschloß, machte dies unmöglich.

Damit können wir die Beleuchtung einzelner Eigentümlichkeiten, die mit dem Betreiben einer Mühle durch den Müller in Zusammenhang stehen, abschließen. Sie haben, aus verschiedenster Richtung kommend, die vorhergehende Darlegung der allgemeinen Aussage der Arbeit in einer Mühle, wie sie die Menschen vor noch nicht allzulanger Zeit verstanden haben, manchmal eindrucksvoll, zuweilen lediglich indirekt bestätigt.

In der Mühle wird eine Wandlung vollzogen, deren erste Bedingung die Zerstörung, also Tötung des lebendigen Kornes ist, damit jenes „weiße Gold“ gewonnen wird, das für viele Menschen lebensspendend (heute würden wir sagen Grundnahrungsmittel) ist. Wir können deswegen bei der müllerischen Tätigkeit auch jenseits des wirtschaftlichen Aspektes von einem Gewinn sprechen, weil das Ergebnis des Mahlens andersgeartetem Leben, als es das pflanzliche Ausgangsprodukt darstellt, hilft, sein Dasein zu erhalten.

Wir befinden uns in der Mühle also in einem Mysterium, das mit der Arbeit des Mahlens die unauflösliche Polarität von Leben und Tod wiedergibt. Somit bestätigt sich im handwerklichen Tun des Müllers eine philosophische Erkenntnis Hegels, die auf unseren Sachverhalt bezogen lautet, daß das Leben die Einheit von Leben und Tod ist. Nur in diesem dialektischen Sinne können wir uns gedanklich dem Gesamtphänomen nähern, das mit dem Begriff „Leben“ seine sprachliche Gestalt gefunden hat.

Bei der Betrachtung der Vorgänge, die in der Mühle ablaufen, hat sich die Möglichkeit eines Zugangs zur Wirklichkeit des Lebens ergeben, die zum Teil augenscheinlich erlebt werden kann und sich damit zu einer sichtbar nachvollziehbaren Vorstellung formen könnte. Jedoch bleibt den meisten Menschen auch dieser Weg verschlossen, weil sie die eine Hälfte des Lebens, den Tod, aus ihrem Dasein weitgehend ausschließen oder zumindest, so weit wie das möglich ist, aus dem Bewußtsein verbannen, obwohl viele Handlungen des modernen Menschen das Phänomen des Todes mit einschließen bzw. unbewußt berücksichtigen.

Auch dem Müller selbst ist die in diesem Buch vorgenommene reflektierte Aussage über seine Arbeit weitgehend unzugänglich, aber er verwirklicht sie unwissend in seiner unmittelbaren müllerischen Tätigkeit und ist auf diese Art und Weise mit dem Leben in der Mühle verbunden.

Die Erlebnisse von Preußlers Romanheld „Krabat“ in der Mühle im Koselbruch

Wir wollen in diesem zweiten Teil des Buches feststellen, ob wir die bisher gewonnenen Erkenntnisse über das Wesen der Mühle in Otfried Preußlers Meisterwerk „Krabat“ bestätigt finden. Dieser Roman bietet sich deswegen als idealer Untersuchungsgegenstand an, weil Preußler die Sage um den zauberkundigen Krabat nicht einfach nur dichterisch bearbeitet, sondern darüber hinaus das Leben in einer alten Mühle sehr detailliert darstellt. Bei dem Versuch, die „Krabat-Sage“ mit den Geschehnissen, die in einer Mühle ablaufen, zu vereinigen, traten anfangs Probleme auf, wie Preußler selbst berichtet: „Ich begann um die Jahreswende 1959/60 mit der Arbeit am ‘Krabat’, kam zunächst gut voran, mußte jedoch, nachdem ich die Hälfte der Geschichte niedergeschrieben hatte, zu meiner Bestürzung feststellen, daß an meinem Konzept offenbar etwas nicht stimmte. Was es war, konnte ich mir zunächst nicht erklären. Ich mußte die Arbeit einstellen, hielt den ‘Krabat’ für gescheitert ... “ (Preußler: „Krabat“, S. 291) Doch eröffnete sich ihm später die Ursache seines Scheiterns: „Das Kernstück des ‘Krabat’ (seine Lehrzeit auf der Mühle und die sich auf Tod und Leben zuspitzende Auseinandersetzung mit dem Meister), ein Sujet, das als Märchen- und Sagenstoff weit verbreitet ist, scheint auf sehr alte Motive zurückzugehen, es hat etwas Mythisch-Archaisches und zugleich Zeitloses an sich ... “ (ebd., S. 291f.) Und gerade das konnten wir gleichfalls bei der Frage, was uns der Wesenszug des Müllerhandwerks mitteilt, feststellen.

Wie gesagt, Otfried Preußler nutzte die Arbeit des Müllers in seinem Roman nicht allein als zusätzliches Gestaltungselement und stellte allein das Erlernen und Ausüben der Zauberkunst in den Mittelpunkt, was schließlich den eigentlichen Inhalt der überlieferten ‘Krabat-Sage’ ausmacht, sondern die müllerische Tätigkeit ist in der Mühle im Koselbruch ein gleich wichtiges Tun wie das Zaubern. Er sah in der Verschränkung der Ausübung des Müllerhandwerks und des Besitzes übernatürlicher Fähigkeiten offensichtlich keinen Widerspruch.

Das setzte in Bezug auf die Mühle freilich ein fundiertes Wissen voraus. Wie der Autor in seinem Aufsatz „Zur Entstehungsgeschichte meines Buches ‘Krabat’“ selbst schreibt, war ein eingehendes „Studium eines Mühlenbuches aus dem 17. Jahrhundert, das viele äußerst wertvolle Materialien zur Technik des Mühlenwesens und, in Gestalt der dort versammelten Mühlenordnung, auch manchen Aufschluß über das Alltagsleben der zünftigen Müller und ihrer Gesellen und Lehrjungen bot," (ebd., S. 292) unumgänglich. Weiterhin berichtet Otfried Preußler: „Ein schwer kriegsverletzter Jugendfreund, Michel Jaksch in Erlangen, der letzte deutsche Müller auf der nordböhmischen Hammermühle in Hammer am See, mit dem mich der Zufall gerade um diese Zeit wieder zusammenführte, hat mir durch seine anschaulichen Berichte und Zeichnungen zahlreiche weitere Kenntnisse im Bereich des Mühlenwesens vermittelt." (ebd., S. 292f.).

Die Verbindung der „Krabat-Sage" mit der genauen Beschreibung des Müllerlebens verleiht Preußlers Geschichte eine Dimension, die das Gatter von „Gut und Böse" sprengt, das bis dahin alle vorhergehenden Bearbeitungen des Stoffes um die Sagengestalt „Krabat" charakterisierte. Freilich diente es Otfried Preußler trotzdem als Orientierungsmittel. Jedoch unsere Interpretation des Geschehens wird zeigen, daß zum Beispiel in Preußlers Erzählung keineswegs mehr von einer Teufelsmühle gesprochen werden kann, wie es in späteren Fassungen der Sage von „Krabat" überliefert worden ist und oft auch für den Roman „Krabat" angenommen wurde (- beispielsweise im weiter vorn zitierten Aufsatz von Möhlenkamp: „Die Mühle in Märchen und Recht" - siehe dort S. 269). Auch Marie-Luise Ehrhardt, die eine detaillierte quellenkundliche Untersuchung der „Krabat-Sage" vorgelegt hat, spricht bei Preußlers Bearbeitung noch von einem „Pakt mit dem Bösen", dem sich der Meister der Mühle verschrieben hat. (Ehrhardt: „Meister Krabat - ein Zauberer in Volksüberlieferung und Jugendliteratur", in: „Schamanentum und Zaubermärchen", 1986, S. 24) Wir hingegen werden versuchen darzustellen, daß das tiefe Verschmelzen des Sagenstoffes mit dem alltäglichen Geschehen, das früher in einer Mühle ablief, zu einer grundlegend neuen Aussage gegenüber den anderen Bearbeitungen führt. Diese Vereinigung ist ein Grund, warum Marie-Luise Ehrhardts Versuch einer entwicklungspsychologischen Deutung nur einen recht unwesentlichen Aspekt trifft. Nach ihr bietet Preußler mit seiner Erzählung „Jugendlichen im Pubertätsalter ein Traumreich, in dem ihre Angst und auch ihr Lebensmut sich widerspiegeln können ... Er schafft in einem naturwissenschaftlich-technisch orientierten Zeitalter eine Welt der Magie, die als Kompensation gegenüber technischer Perfektion, Planbarkeit und Isolierung in Einzelwissen notwendig ist.

Dadurch, daß er uralte Überlieferungsmotive einsetzt, ruft er eine magisch mythische Welt wieder ins Bewußtsein, die schon immer existiert hat, und deren gleiche Motive der sie lesenden Generation ein vergleichbares Denkmodell und ein vergleichbares Erfahrungsfeld anbietet, das zugleich die Verbindung zur vorhergehenden und zu anderen vorhergegangenen Generationen bereitet." (ebd., S. 26) Dem ist ohne weiteres zuzustimmen, es wird aber dem Roman Preußlers in dieser fast ausschließlich auf den Nutzen der lesenden Person bezogenen Interpretation nicht vollständig gerecht. Zum Beispiel lernt Krabat in dieser Geschichte auch in Reichen zu leben, die seine Persönlichkeit aufheben, entweder durch die Gesetze der „Geheimen Bruderschaft" in der Mühle oder durch die Macht der Liebe zur Kantorka.

Otfried Preußler war letztlich noch auf seelischer Ebene prädestiniert, sich des Sagenstoffes um „Krabat" anzunehmen, stammt er doch aus dem Isergebirge, nämlich aus Reichenberg in Böhmen. Als Quellenangabe für die Praktiken in der Schwarzen Schule schreibt er auch in seinem Bericht über die Entstehungsgeschichte des Buches, daß er „hauptsächlich auf die volkstümliche Überlieferung ... [seiner] engeren Heimat im Iser- und Riesengebirge zurückgreifen" konnte. (Preußler, S. 293) Dabei ist festzuhalten, daß die Lebensauffassung, Daseinsweise und Mentalität dieser Gegend mit der der Wenden (Sorben) in der Niederlausitz, wo sich die Geschehnisse um Krabat abspielen, weitgehend analog ist. Diese Behauptung steht nicht im Widerspruch zu den unterschiedlichen Sprachen, die beide Volksgruppen sprechen, zeichnete sich doch die gesamte Lausitz und das schlesische Gebiet noch bis Mitte des zwanzigsten Jahrhunderts dadurch aus, daß sehr viele verschiedene Sprachen auf engstem Raum und zum Teil vermischt gesprochen wurden. (- zu der sorbischen und deutschen gesellten sich in dieser Gegend weiterhin die polnische und die tschechische Sprache.)

Bevor wir nun eine Deutung von Preußlers Roman „Krabat" vornehmen, wollen wir seinen Inhalt mit den älteren schriftlichen Hinterlassenschaften der „Krabat-Sage" und den späteren dichterischen Bearbeitungen vergleichen.

Die Krabat-Sage

Die älteste Aufzeichnung der Sage von „Krabat“ ist wohl die von Joachim Leopold Haupt aus dem Jahre 1837. Sie hat folgenden Inhalt:

„Von einem bösen Herrn in Groß-Särchen.

In Groß-Särchen bei Hoyerswerder war einst ein gar böser Herr. Derselbe hat den dort vorbei fließenden Bach (um ihm eine andre Richtung zu geben?) mit einem Pflug umgeackert; da er aber den davor gespannten polnischen Ochsen nicht gehörig bändigen konnte, so hat der Bach einen ganz krummen Lauf bekommen, den er noch heute hat. Derselbe Herr fuhr oft in wunderbar kurzer Zeit nach Dresden. Immer lenkte er selbst die Pferde und befahl dem Kutscher sich hinten in den Wagen schlafen zu legen. Einmal wachte der Kutscher aber auf und als er sich umsah nahm er wahr, daß die Reise nicht auf der Erde fort sondern durch die Luft ging. Im ersten Schreck schrie er laut und wollte aufstehen. Sein Herr bedrohte ihn aber sehr und befahl ihm, sich ruhig wieder nieder zu legen, sie könnten sonst beide sehr unglücklich seyn. Über das Gespräch waren sie auch wirklich schon in Gefahr gekommen. Denn die Pferde, auf die der Herr nicht Acht gegeben, hatten sich nicht hoch genug gehalten und der Wagen war an die Spitze des camenzer Thurmes angefahren, welche noch bis auf den heutigen Tag davon krumm gebogen ist.

Dieser Herr hat auch bisweilen schwarzen Hafer in den Kacheltopf gethan und dazu einige Worte gesprochen. Darauf sind gleich Soldaten, anfangs nicht größer als Haferkörner, hervorgekommen; zusehends aber sind sie gewachsen und endlich wie andere Menschen geworden, haben sich im Schloßhofe aufgestellt und sind hin und her marschirt, wie der Herr sie commandirt hat. Wenn er dann wieder ein Paar Worte gesprochen, so sind sie kleiner und kleiner geworden und alle wieder in den Ofentopf hineingegangen, und sah man hinein, da war darin nichts als schwarzer Hafer. Einmal behorchte der Großknecht den Herrn und merkte sich die Worte, und versuchte das Kunststück auch, als der Herr eben auf dem Felde war. Es gelang ihm auch richtig; wie er aber die Soldaten wieder in den Kacheltopf bringen wollte, wußte er das Wort nicht, und sie fielen alle über ihn her und schlugen auf ihn los und er gerieth in große Todesgefahr. Der Lärmen, den sie machten, war so groß, daß der Herr ihn auf dem Felde hörte.

Der kam schnell herzu gelaufen, befreite den vorwitzigen Großknecht, commandirte das wilde Heer in den Ofentopf hinein und machte es wieder zu Haferkörnern.“ (Ehrhardt: „Die Krabat-Sage - Quellenkundliche Untersuchung zu Überlieferung und Wirkung eines literarischen Stoffes aus der Lausitz“, 1982, S. 81f.)

Der Herr, dessen wundersame Fähigkeiten in dem Text von Joachim Leopold Haupt festgehalten wurde, ist nach der Chronik von Wittichenau der Obrist Johann Schadowitz, der am 29. Mai 1704 starb und in Agram in Croatien geboren wurde. „Dieser Croat Schadowitz ist derselbe, der in unserer Gegend unter dem Namen **Krabat** bekannt ist“, berichtet Franz Schneider, der besagte Chronik im Jahre 1848 verfaßte, und er begründete diese Feststellung damit, daß sich die Benennung „Croat“ „im Volksmund in ‘Krabat’ verwandelt“ hat. (ebd., S. 83)

In den folgenden schriftlichen Weiterführungen des Sagenstoffes durch Michael Hornig (1858) und Georg Gustav Kubasch (1865) wurde aus dem bösen Herrn ein guter, der die Zauberei entweder nur zum eigenen Spaß betrieb oder um andere Menschen zu retten, wie den Kurfürsten im Türkenkrieg. Letztere Episode spielt nicht nur in Preußlers „Krabat“ eine nicht unwichtige Rolle, sondern auch in dem zur gleichen Zeit entstandenen Buch von Jurij Brêzan „Die schwarze Mühle“, wo ebenfalls die Sage von „Krabat“ eine dichterische Verarbeitung erfährt. In dieser Erzählung erschießt Krabat seinen Freund, was ihn zur Einsicht führt, daß er gegen den „Schwarzen Müller“ kämpfen muß. In Kubaschs Fassung mußte Krabat ebenfalls seinen Freund erschießen, weil dieser „vom alten Sultan ausgesandt war, den Fürsten zu töten.“ (ebd., S. 90) Preußler läßt hingegen den Müllermeister den Freundesmord verüben und Krabat muß ihn im Traum noch einmal nachspielen.

Betrachten wir den Inhalt der ersten drei Aufzeichnungen der „Krabat-Sage“, also die von Haupt, Hornig und Kubasch, so fällt auf, daß alle Fähigkeiten, die Krabat in der Sage zugeschrieben werden, in der Geschichte von Preußler dem Meister der Mühle zukommen. Dank seiner Fähigkeiten in der „Schwarzen Kunst“ kann er Krabat das Zaubern lehren, und dieser will das Erlernte schließlich nutzen, um sich gegen den Müller aufzulehnen, wobei mit einem Sieg Krabats nicht nur die Zauberkraft des Meisters, sondern ebenso seine eigene erlöschen würde. Wir sehen schon hier, daß sich der Ansatz der Geschichte bei Otfried Preußler von der Sage deutlich unterscheidet, das heißt, die Sage kann nicht direkt als Grundlage für eine Bewertung der Geschehnisse in der Mühle im Koselbruch dienen. Ihr Inhalt findet zwar Eingang in Preußlers „Krabat“, aber sie erscheint dort nur als episodenhafte Beigabe.

In der Fassung von Hornig und Kubasch wird von einer „schwarzen Schule“ berichtet, in der Krabat die Kunst des Zauberns lernt.

In Kubaschs Erzählung kann Krabat die „schwarze Schule“ nach seinen Lehrjahren ohne weiteres verlassen, um den Leuten seine Künste zu zeigen. Diese eigentlich bewährungslose Entlassung aus der Zauberschule entspricht dem Charakter der Erzählung von Kubasch. In ihr hat die „schwarze Schule“ vor allem die Funktion des Bösen, die Krabat erleben muß, damit er sich im Laufe seines Lebens zum Guten entwickelt. Der christliche Einschlag dieser Sagenbearbeitung tritt klar hervor.

In Hornigs Geschichte hingegen muß der Schüler aus der „schwarzen Schule“ erlöst werden, und zwar von der eigenen Mutter. Ein Motiv, das auch Brêzan in seiner „Schwarzen Mühle“ verwendet und mit dem gleichfalls Otfried Preußler arbeiten wollte, sich aber dann als erlösende Kraft nicht für die Mutterliebe entschied, sondern für die Liebe einer Gleichaltrigen (der Kantorka).

Preußlers Variante ist wesentlich überzeugender als die Erlösung Krabats mit Hilfe der Mutterliebe in Hornigs und Brêzans Bearbeitung. Insbesondere in Hornigs Erzählung ist die Befreiung der Söhne durch die Mütter sehr widersprüchlich. In ihr wird berichtet:

„Einstmals kam ein gewisser Krabat nach Leipzig und besuchte die damalige ‘schwarze’ Schule, wo der ‘Schwarze’ vor einer zahlreichen und besonderen Zuhörerschaft verschiedene Zauberei lehrte. Dieser verlangte kein Geld dafür, sondern alljährlich eine Seele. Wenn ein Jahr vergangen war, mußten alle Zuhörer vor dem ‘Schwarzen’ zusammenkommen, der sie nach der Reihe auf eine Bank setzte und in Raben verwandelte. Dann mußte die Mutter jedes Zuhörers kommen und unter den Raben ihren Sohn errätseln. Falls ihr das nicht gelang, war des Sohnes Seele dem ‘Schwarzen’ fast sicher; eine einzige Hoffnung blieb noch zur Rettung. Jene nämlich, deren Mütter im Raten unglücklich waren, spielten jetzt mit dem Würfel; nur der, welcher dabei das Niedrigste warf, verfiel dem ‘Schwarzen’ auf ewig.“ (ebd., S. 84f.)

In dem beschriebenen Fall kommt die Mutterliebe gegen die Zauberkraft nicht an. Es gibt dort Mutterherzen, die fehlgehen bei der Prüfung, ihren Sohn in anderer Gestalt wiederzuerkennen, was für die Darstellung der Mutterliebe in Märchen und Sagen untypisch ist, denn dort kennt sie keinen Irrtum, wenn sie ihr Kind finden muß (wie ebenso umgekehrt). Die für Märchen und Sagen charakteristische Gestalt der Mutter bräuchte auch keine Tricks, um die Aufgabe des Zaubermeisters zu lösen, indem sich zum Beispiel, wie es in Hornigs „Krabat-Sage" ausgeführt wird, der zu Erlösende als einziger der Raben am rechten Flügel kratzt.

Auch Georg Pilk verwendet in seiner 1896/1900 entwickelten Spielart der Sage über den wendischen Zauberer als Erlösungsmotiv die Befreiung Krabats durch die Mutter. Sie wird ebenfalls vorher durch ihren Jungen unterwiesen, wie sie die Aufgabe des Zauberers lösen kann, damit sie ihn aus seinen Fängen befreit: *„Ich sage es Euch jetzt, woran Ihr mich erkennen müßt. Wir werden alle, in schwarze Raben verwandelt, in einer Kammer sitzen und uns mit den Schnäbeln scharren und kratzen nach Vogelart. Alle Kameraden werden den Hals nach der linken Seite gewendet haben, ich allein werde mich unter dem rechten Flügel zupfen. Da habt wohl acht, es ist das einzig mögliche Erkennungszeichen, das ich Euch zu geben vermag."* Löst die Mutter diese Aufgabe, dann ist der Sohn gerettet, *„denn einer Mutter kann in solchem Fall kein Zauberer widerstehen."* (ebd., S. 107)

Bei Brêzans Erzählung „Die schwarze Mühle" erlöst eine Mutter nicht nur ihren Sohn, nämlich Markus, sondern adoptiert den Waisenjungen Krabat kurzerhand mit, aus Dank, daß er ihr verriet, wo sich ihr leibliches Kind befindet. Man könnte hier die Liebe aus Dankbarkeit als Gegenkraft gegen die Zauberkraft des „Schwarzen Müllers" anführen, jedoch ist das wenig stichhaltig, zumal auch in dieser Geschichte Markus und Krabat Erkennungszeichen geben müssen, damit die Mutter beide unter den zwölf schwarzen Raben herausfindet. Markus erkennt sie daran, daß er sich als einziger Rabe am rechten Flügel putzt. Eine List, mit der in den älteren Fassungen Krabat erlöst wurde; während dieser sich in Brêzans Geschichte von den anderen durch einen Schimmer am rechten Rabenfuß unterscheidet, der ursprünglich ein schimmernder Streifen am rechten Handgelenk ist, den er von einer Frau als Zeichen der Freude bekommen hat, weil er deren Kind vor dem Ertrinken gerettet hat. Die Befreiung Krabats mit Hilfe der Adoptivmutter bekommt in der Erzählung „Die schwarze Mühle" später aber dann doch noch ihren Sinn (ihre Berechtigung), weil Markus' Mutter gegenüber Krabat tatsächlich eine mütterliche Liebe entwickelt, ansonsten hätte sie ihm den Todesschuß, den er gegen ihren leiblichen Sohn abschoß, nicht verziehen: *„'Hast du Markus getötet?' fragte sie. 'Ja Mutter' antwortet Krabat und neigt den Kopf, er wartet auf ihr Wort. 'Du bist mein Sohn. Erzähle, wie dein Bruder starb!'"* (Brêzan: „Die schwarze Mühle", S. 73)

Preußler befriedigte die Erlösungsvariante, nach der eine Mutter Krabat mit einem vorher abgesprochenen Kunstgriff vom Bann der Mühle befreit, wie gesagt nicht, zumal bei ihm die Befreiung am Schluß seiner Erzählung vorkommt. „Nach allem, was sich zwischen Krabat und der Kantorka, aber auch zwischen ihm und dem Müller bisher ereignet hatte, erschien mir nun die vorgefundene Motivierung des Wiedererkanntwerdens (Krabat steckt als einziger der in Raben verwandelten Müllerburschen den Schnabel nicht unter den linken Flügel) allzu simpel und vordergründig, als daß ich sie jetzt noch guten Gewissens hätte verwenden dürfen." (Preußler, S. 294) Wie recht er damit hat, wird in der nachfolgenden Deutung der Geschichte deutlich.

Die Variante der Errettung Krabats aus dem Machtbereich des Lehrmeisters durch ein gleichaltriges Mädchen, wie es in Otfried Preußlers Roman geschieht, entdecken wir schon in einer Abwandlung der „Krabat-Sage" von Hendrich Jórdan aus dem Jahre 1879, die später Georg Pilk (1896/1900) in der Krabat-Erzählung „Die wendische Faust-Sage" ebenfalls nutzte. In der Geschichte von Pilk ist ein jungfräuliches Mädchen anwesend, wenn Krabat den Zaubermeister besiegt, in der Erzählung „Der Zauberlehrling" von Jórdan tötet das Mädchen den Zauberer selbst. Das geht wie folgt von statten: Als der Zauberlehrling sich auf dem Markt als verwandeltes Pferd von seinem Vater verkaufen läßt, bemerkt er, daß der Käufer sein Zaubermeister ist. Gleich verwandelt er sich in eine Taube und fliegt davon. *„Der Schwarzkünstler folgte ihr sofort in Gestalt eines Raben. Nachdem die Vögel eine Weile in der Luft herumgekreist waren, erspähte die Taube ein offenes Fenster; sie flog sofort hinein. In der Stube befand sich ein Mädchen. Die Taube verwandelte sich in einen Ring und legte sich dem Mädchen um den Finger. Sogleich stand vor dem Mädchen ein Mann und bat um den Ring. Bevor aber das Mädchen noch den Ring abgestreift hatte, fiel er als Gerstenkorn unter den Tisch. Augenblicklich verwandelte sich der Mann in eine Henne und wollte das Gerstenkorn aufpicken, allein das Mädchen merkte, dass hier nicht Alles richtig sei, ergriff die Henne und schnitt ihr den Kopf ab. Da war es mit dem Zau-*

berer auf einmal aus. Darauf verwandelte sich das Gerstenkorn wieder in den jungen Bauer.“ (Ehrhardt 1982, S. 93)

Preußler nutzt diese Episode in seiner Krabat-Geschichte als Traummotiv. In diesem Traum erlebt Krabat, daß er mit Hilfe seines geliebten Mädchens vom Meister erlöst werden kann. Dabei ist nicht die Handlung des Mädchens ausschlaggebend, sondern ihre Gegenwärtigkeit als potentielle Kraft einer alles überwindenden (besiegenden) Liebe. Das kommt auch in der „Krabat-Version“ von Pilk deutlich zum Ausdruck, wo Krabat beim Haus einer „züchtigen Jungfrau“ den Zaubermeister tötet, indem er sich in einen Fuchs verwandelt, der den Hahn zerreißt. Pilk setzt in Bezug auf die Präsenz des Mädchens eine erklärende Ergänzung der gesamten Verwandlungsszene hinzu: *„Über die unschuldige Maid hat der Böse keine Gewalt.“* (ebd., S. 109)

Die Bearbeitung von Georg Pilk verdient zudem allein schon deswegen unsere besondere Aufmerksamkeit, weil bei ihr erstmals von einer Mühle im Dorfe Schwarz-Collm die Rede ist, wo Krabat das Zaubern lernt. Dem Charakter der Pilkschen Version entsprechend, die eine Darstellung der Entwicklung eines fehlgehenden Menschen hin zur christlichen Frömmigkeit ist, wird diese Mühle eine Teufelsmühle genannt, wo ein Mann haust, *„der weit und breit als Schwarzkünstler verschrieen und deshalb von allen Frommen ängstlich gemieden war“* (ebd., S. 106) *„Grundgedanke der Krabat-Sage ist ... ,“* für Pilk, und das schreibt er im Text ausdrücklich, *„daß nur das Sterben bei Ausübung der bösen Kunst die ewige Verdammnis gewiß nach sich ziehe, im übrigen aber der Schwarzkünstler eben so gut wie jeder andere Mensch selig werden könne.“* (ebd., S. 115). Diese recht vage Behauptung von Pilk macht es ihm möglich, die Gestalt des Krabat mit der des Doktor Faustus zu vergleichen; er nennt ja schließlich seine Erzählung „Die wendische Faust-Sage“. Jedoch wollen wir an dieser Stelle nicht weiter untersuchen, ob die „Krabat-Sage“ tatsächlich einen annähernd analogen Gehalt mit dem Faust-Thema besitzt - ein ausführlicher und tiefgreifender Vergleich würde schnell wesentliche Unterschiede zu Tage fördern. Wir möchten in diesem Zusammenhang lediglich darauf aufmerksam machen, daß mit Georg Pilks Geschichte erstmals eine literarische Bearbeitung der „Krabat-Sage“ durchgeführt wurde, die bewußt auf eine ganz bestimmte Aussage zielt. Damit endet mit Pilks Fassung das Bemühen um eine möglichst „‘authentische’ Aufzeichnung der Sage aus dem Mund des Volkes. ..Mit dem Fortleben der Sage in literarischer Bearbeitung gewinnt sie eine andere Form, unterliegt aber auch anderen Gesetzen der Beurteilung." (ebd., S. 53)

Neben den schon genannten literarischen Behandlungen der „Krabat-Sage" durch Jurij Brêzan („Die schwarze Mühle") und Otfried Preußler („Krabat") ist noch Martin Nowak-Neumanns Buch „Meister Krabat" zu nennen, das 1954 geschrieben wurde.

Diese Geschichte ist gerade in Bezug auf Preußlers „Krabat" bedeutungsvoll, weil sie Otfried Preußler zum wiederholten Male auf den Sagenstoff um den Zauberer Krabat aufmerksam macht. Er berichtet selbst: „Direktor Walter Scherf hatte eine erste größere Sendung von Kinder- und Jugendbüchern in tschechischer Sprache aus Prag erhalten, darunter der Band 'Mistr Krabat' von Martin Nowak-Neumann, eine Übersetzung der ursprünglich in sorbischer Sprache niedergeschriebenen Krabat-Sage ... Das ... Buch überraschte mich insofern, als es die Geschichte über den mir bekannten, mit dem Tod des Meisters endenden Teil hinaus weiterführte und von Krabats Abenteuern im Türkenkrieg, am sächsischen Hof und als Grundherr auf dem Gut Groß-Särchen berichtete, das August der Starke ihm zum Dank für seine Verdienste geschenkt hatte. Das schlicht und volkstümlich erzählte Buch endet damit, daß Krabat im hohen Alter der Zauberkunst entsagt und die leibeigenen Bauern von Groß-Särchen zu Erben seines Besitzes einsetzt; er selbst findet nach dem Tod Gnade und Erlösung, was durch ein mit seinen Freunden vereinbartes Kennzeichen bestätigt wird. Von dem hier vorgefundenen Stoff aufs Neue gepackt, beschloß ich ihn zum Gegenstand einer eigenen Erzählung zu machen." (Preußler, S. 290f.)

Im großen und ganzen übernimmt Nowak-Neumann die Krabat-Version von Pilk und ergänzt sie noch durch die Episode des Haferzaubers, die wir schon in der Geschichte von Joachim Leopold Haupt fanden. Zudem wurden noch „Elemente aus der Sage vom wandernden Müllerburschen Pumphut" (Ehrhardt 1982, S. 56) eingearbeitet, ohne Nennung des Namens Pumphut. Jedoch wenn der Krabat in Nowak-Neumanns Erzählung als Müllerbursche das Land durchwandert und den Bedrängten hilft und die Reichen neckt, dann weist das auf die Sagengestalt des Pumphut hin. Sie ist an dieser Stelle deswegen erwähnenswert, weil Pumphut in Preußlers Roman eine richtungweisende Rolle spielt. Freilich eine andere, als sie Nowak-Neumann bezweckt, dessen Leitidee ideologisch geprägt ist. Verwendete Pilk die „Krabat-Sage" vornehmlich dazu, den christlichen Erlösungsweg aufzuzeigen, der bezeugen soll, daß der Verführte, auch wenn er in die Fänge des Bösen gerät, sein Seelenheil gewinnt, sobald er sich aus dem Üblen befreit und dann seinem Nächsten beisteht, so will Nowak-Neumann besonders das sozialistische Ideal an der Gestalt von Krabat aufweisen. Er zeigt mit seiner Erzählung, daß lediglich dann wirkliche Menschlichkeit in den eigenen Handlungen erwächst, wenn sie den Geknechteten zu Gute kommen.

Um diese Idee klar herauszustellen, „verändert Nowak-Neumann den überlieferten Sagenstoff in konsequenter Weise. Der Sohn armer, ausgebeuteter Eltern, der die Unterwerfung predigenden Pfarrer nicht verstehen kann und dem die Schulen verschlossen sind, lernt beim Zaubermüller, bis er diesen an Wissen übertrifft. Der erfolgreiche Krabat wird nicht wie bei Pilk zum Freund des Königs, sondern dieser nimmt ihn lediglich in Anspruch; das Vorwerk Särchen, die 'Entenpfütze', gibt ihm der König aus einer Laune, zumal dieser das 'aus lauter Sand und Sumpf' bestehende Vorwerk gar nicht anders zu verwenden weiß. Ebenso verkehrt Nowak-Neumann die Freundschaft zwischen dem Pfarrer von Wittichenau und dem Zauberer Krabat in Liebedienerei der Kirche; die 'Pfaffen' 'bemühen sich' um die Anerkennung durch den mächtigen Ratgeber des Königs, der Volksbefreier Krabat jedoch braucht die Hilfe der Kirche nicht ... “ (ebd., S. 58)

Damit die Rolle des guten Krabat und die Notwendigkeit seiner helfenden Hand deutlich wird, läßt Nowak-Neumann das Geschehen nach Beendigung des Dreißigjährigen Krieges ablaufen, als die Not besonders groß war und die Ungerechtigkeit, die damals zwischen Armen und Reichen vorherrschte, klar hervortrat: *„Es war vor langer, langer Zeit, damals vor 300 Jahren, gleich nach dem großen Krieg, der dreißig Jahre lang im Land hauste und so viele Dörfer, Städte und Menschen fraß. Eine gar harte und traurige Zeit war das, so grausam war sie, daß man es nicht einmal schildern kann. Soldaten und Räuber hatten Städte und Dörfer und Gehöfte in Schutt und Asche gelegt. Wo sie die Menschen nicht erschlagen hatten, hatten sie ihnen Hab und Gut genommen. Alles Volk war in graues Elend geraten und war arm wie der ärmste Habenichts. Wahr und wahrhaftig, das wilde Getier lebte damals einen besseren Tag als der Mensch! Freilich, allen Leuten ging es nicht so schlecht. Die Junker taten sich eher noch mehr gütlich als vordem. Während des Krieges hatten sie sich als Offiziere viel fremdes Gut erplündert. Der Kaiser zu Wien hatte ihnen nichts mehr zu befeh-*

len, so konnten sie tun, was sie mochten. Und alle - die Kurfürsten, Fürsten, Herzöge, Grafen -, die ganze adlige Sippschaft hatte nur noch eins im Sinn: in Saus und Braus zu prassen, glänzende Feste zu feiern und dabei ihre Untertanen, die armen Hörigen, auszubeuten und zu beuteln, zu schlagen und zu schinden und sie so zu quälen, daß es einen Stein erbarmen konnte.“ (Ehrhardt 1986, S. 21f.) Vor diesem Hintergrund drängt es sich regelrecht auf, daß der letztlich gütig gewordene Gutsherr Krabat, wie es in einigen vorhergehenden Übertragungen schon geschildert wurde, in der Erzählung von Nowak-Neumann nicht bloß den Bauern hilft, zum Beispiel die Sümpfe trocken zu legen, sondern sie aus der Leibeigenschaft entläßt. Dieser Krabat fragt sich, was er bisher mit seiner ganzen Zauberkunst vollbracht hat. *„Nichts als Hexereien und Schwindel und Narrenpossen und Unsinn. Sich in einen Spatz oder Stier verwandeln, Regenwürmer aus Nudeln und Soldaten aus Saathafer hervorzaubern, durch die Lüfte fliegen - wem bringt das Vorteil, wem nützt und hilft das?“* (ebd., S. 23) Indem er seine Antwort auf diese Frage praktisch verwirklicht, wird aus dem Zauberkundigen ein Volksbefreier, „denn der Sozialismus muß die überlieferte Gestalt des Zauberers Krabat verwerfen, eines zaubernden Gutsbesitzers, der in Tiere verwandeln kann, durch die Luft fliegt zum Königshof, aus dem Hafertopf Soldaten für den Ortspfarrer zaubert. Das neue Paradigma heißt: Aufteilung des Besitzes und Engagement aller in kollektiver Arbeit. Krabats neue Funktion wird deren Durchführung.“ (ebd., S. 24)

In ähnlicher Weise, nur in einer viel weiter gefaßten Dimension, ist die „Krabat-Sage“ von Jurij Brêzan in seinem Buch „Die schwarze Mühle“ umgestaltet worden. Er benutzt die Figur des Krabat nicht allein dazu, eine ideologische Idee darzustellen, sondern zeigt auch den Weg auf, wie man das Ideal erreichen kann, nämlich mit der Religion der sozialistischen Gesellschaft: dem Wissen im ausschließlich naturwissenschaftlich-aufklärerischen Sinne.

Brêzan führt selbst aus, daß für ihn „Krabat das Produkt der Phantasie eines unterdrückten Volkes ist, das seine Knechtschaft eben als eine kollektive begriffen hat und ahnt, daß sie gebrochen werden kann und daß die physische Befreiung die geistige voraussetzt: daß man wissen muß, um frei zu sein. Und daß dem Wissen die Tat folgen muß: Ihm ebenbürtig geworden an Wissen, erschlägt - in der Sage - Krabat den Zauberer.“ (Ehrhardt 1982, S. 63)

Es ist klar, daß von diesem Leitgedanken aus der Müller, der Krabat in seine Mühle lockt, die Rolle des Bösen, des Unterdrückers, einnimmt. Er behält seine teuflische Rolle aus der Pilkschen Fassung. Deswegen bleibt es auch eine Teufelsmühle, die Brêzan als „Schwarze Mühle“ bezeichnet. Sie ist ein dunkler Ort, aus dem Unheil kommt, in einer finsteren Gegend. (Die „Schwarze Mühle“ liegt im „Schwarzen Wald“, an der „Schwarzen Kolm“.) Und nur wenn man das Licht der Erkenntnis in diese Schwärze bringt, kann das Böse bezwungen werden.

Bezeichnend ist dabei, daß gerade das Böse das Wissen besitzt. Doch führt das bei Brêzan nicht zu der Einsicht, daß das Dunkle benötigt wird, um zur lichten Höhe der Erkenntnis zu gelangen; daß es also darauf ankommt, das Böse zu bändigen und nicht zu vernichten. Letzteres würde in logischer Konsequenz die gleichzeitige Auslöschung des Guten bedeuten.

Der Verfasser der „Schwarzen Mühle“ sieht im Bösen nur jene Macht, die das Wissen zum ausschließlichen Eigennutz gebraucht. Der Müller bereichert sich an der Arbeit seiner Knechte, denn ihre Schweißtropfen werden zu Gold. Jedoch ist die Selbstsucht des Müllers nötig, damit sich das Böse im Dasein verankert. Nur wenn das geschieht, ist es möglich, daß Krabat als Gegenprinzip wirkt und sein Wissen vielen Menschen dient.

Die Ausgestaltung der Figur Krabats in Brêzans Erzählung orientiert sich auch am sozialistischen Ideal. Der Krabat der „Schwarzen Mühle“ kommt deshalb zu ähnlichen Einsichten wie der in Nowak-Neumanns Geschichte. In beiden Bearbeitungen wird zum Beispiel die Fähigkeit des Zauberns als unnützes Spiel verworfen. Brêzans Krabat verbrennt nach dem „Brudermord“ das Zauberbuch. *„ 'Markus kam um, weil er den Zauber lernte'“* begründet Krabat seine Tat. *„ 'Es ist Zeit, den Zauber zu verbrennen.' ... 'Der Müller braucht den Zauber ... Es ist Brimborium* [unwesentliches Geschwätz, unnötiges Drum und Dran] *Es macht ehrfürchtig und demütig. Es lähmt und macht blind.“* (Brêzan, S. 74)

Etwas anderes muß dem Müller entgegengehalten werden, ein andersgeartetes Wissen, das alle Menschen nachvollziehen können, das sich als hell strahlende Wahrheit präsentiert und nicht im verborgenen liegt, wo es nur Einzelnen die Erleuchtung bringt. Das heißt, es widerspricht dem Gleichheitsprinzip, daß nur Einzelne Gelehrsamkeit besitzen, und es steht dem allgemein menschlichen Streben nach Allwissenheit im Wege, das gerade in der sozialistischen Ideenwelt einen entscheidenden Platz einnahm. Alles mußte entschlüsselt werden, daß es zum Nutzen der Menschen entwickelt werden konnte, und was undurchschaubar war, wurde verbannt, damit es nicht in einer anderen Weise eine Verwendung fand. Ein im Kerker einer Ideologie gefangenes Denken fragt beim Gewahren von Unerwartetem, das vielleicht die eigene Wahrheit ins Wanken bringen könnte, nicht, wie das möglich ist, sondern schiebt es einfach beiseite, um die Gewißheit seiner darauffolgenden Handlungsweise nicht in Zweifel ziehen zu müssen. Die Theoretiker des Sozialismus beispielsweise glaubten, die menschlichen Eigenschaften, wie Neid und Besitzgier, durch gesellschaftliche Veränderungen zu beseitigen. Als die Praxis zeigte, daß die Änderung der Eigentumsverhältnisse dies keineswegs bewirkte, wurde diese Thematik einfach unterbelichtet.

Unter anderem deswegen verbrannte Krabat das Zauberbuch in Brêzans Erzählung. Das neue Licht der Wahrheit durfte keine Kenntnisse von der alten Weisheit besitzen, weil diese sich manchmal nur in der Form im Dasein offenbarte, daß lediglich „das Böse“ einen Nutzen daraus zog.

Es ist nach dem bisher aufgeführten festzustellen, daß in Brêzans Geschichte über die Sagengestalt „Krabat“ die Mühle selbst eine untergeordnete Rolle spielt. Sie ist, wie schon in der Pilkschen Fassung, ein Objekt, das durch ein beliebig anderes ausgetauscht werden könnte. Gerade das unterscheidet alle Versionen der „Krabat-Sage“ von der, die Otfried Preußler vorlegt. In seiner Erzählung hat die Mühle eine wichtige Funktion, denn die Ausübung des Müllerhandwerks mit seiner Aussage, wie wir sie im ersten Teil des Buches darlegten, trägt wesentlich zur Entwicklung von Preußlers Romanheld Krabat bei. Das Erlernen des Berufs eines Müllers vermittelt Krabat eine Lebenserfahrung, die seine spätere Verhaltensweise entscheidend mitbestimmt.

In Preußlers Roman lehnt Krabat zudem die Fähigkeit des Zauberns nicht ab, wie wir es bei Brêzans „Schwarzer Mühle“ sahen. Er wird jedoch auch nicht durch die Fähigkeit des Zauberns erlöst, sondern dank eines ganz anders gearteten Zaubers.

Da die Mühle in Preußlers Geschichte einen sehr bedeutenden Stellenwert hat, muß bei ihrer Charakterisierung mit Vorsicht herangegangen werden. Viele Interpreten dieses Romans stempelten sie allzu schnell als „Teufelsmühle“ ab, in der das Böse in reiner (vollkommener) Form herrscht. Wir werden im folgenden sehen, daß eine solch einseitige Blickrichtung dem Aussagekomplex von Preußlers Erzählung nicht gerecht wird. Genausowenig wie die schon erwähnte Beschränkung des Geschehens auf den entwicklungspsychologischen Aspekt, wie es Marie-Luise Ehrhardt getan hat. Sie stellt zusammenfassend fest: „Die ihm aus der Zaubersage vorliegenden Motive macht Preußler zu Elementen psychischer Reifungsvorgänge und transportiert damit einen Teil der Sage in die Realität der Gegenwart, das heißt, er ‘entzaubert’ die Motive. Schwerpunkte der pubertären Entwicklungsstufe wie Kameradschaft, Liebe und Auseinandersetzung mit Autorität werden von Krabat - durch Preußler kunstvoll verfremdet - in der Zauberwelt des Müllers durchlebt. Besonders konsequent ist dabei die Transposition der einzelnen Motive in die Traumwelt. Folglich verliert Krabat seine Funktion als Zauberer; das Zaubern hat für ihn vielmehr nur die Bedeutung einer Übergangsstufe zwischen Wunschdenken und Realität.“ (Ehrhardt 1982, S. 67) Eine solche realistische Auffassung ist nicht prinzipiell falsch, aber auf eine einzige Grundlage eingeschränkt, die keineswegs vollständig das Geschehen der Geschichte erklärt. Schon der Ausgangspunkt von Marie-Luise Ehrhardt ist fragwürdig, wenn sie behauptet: „Preußler reduziert die Sagengestalt des Zauberers Krabat auf einen vierzehnjährigen Jungen, der am Ende des Geschehens siebzehn Jahre alt ist, das heißt also auf einen Jungen Krabat, der die Pubertätszeit durchlebt.“ (ebd.) Jedoch bemerkt Krabat an sich selbst und bekommt es auch von dem Gesellen Michal bestätigt, daß das erste Jahr in der Mühle im Koselbruch einen Entwicklungssprung bedeutet, wie drei Jahre im sonstigen Leben. Wollte man demnach eine mathematische Altersspanne für Krabat in Preußlers Geschichte anlegen, dann reicht sie vom vierzehnten bis zum neunzehnten Lebensjahr. Das ist eine Spanne, die weiter reicht als die pubertäre Phase. Ansonsten wäre zum Beispiel die Liebe zwischen Krabat und der Kantorka, die den Sieg über den Müllermeister erst ermöglicht, nicht von solch unerschütterlicher Intensität, wie wir sie vorfinden werden und die eine weitgehend abgeschlossene Persönlichkeitsentwicklung voraussetzt; diese Liebe ist weit mehr als eine erste verliebte Berührung mit dem anderen Geschlecht. Dementsprechend kann man bei einer solchen Befreiungsvariante auch nicht, wie Marie-Luise Ehrhardt, von einer

„Selbsterlösung Krabats“ sprechen. (ebd.) Ganz im Gegenteil, trotz der Anstrengungen Krabats dies zu versuchen, wäre gerade ein solches Unterfangen mißlungen. Eben darin zeigt sich Preußlers dichterische Größe, daß er eine triviale Auflösung der Geschichte vermeidet. Doch beginnen wir bei der Betrachtung des „Krabat“ von Otfried Preußler von vorn.

Die Geschehnisse in Otfried Preußlers Roman „Krabat“

Otfried Preußler erzählt die Geschichte von einem wendischen Betteljungen, der mit vierzehn Jahren in eine Mühle kam, wo er nicht nur das Müllerhandwerk, sondern gleichzeitig das Zaubern erlernte. In dieser Mühle gab es elf Müllergesellen und einen Lehrjungen, die einem Müllermeister gehorchten. Dieser Bund wurde jedes Jahr am Morgen des Ostersonntags neu geschlossen, indem jedem Gesellen und auch dem Lehrjungen ein Drudenfuß auf die Stirn geschrieben wurde und sie mit diesem Zeichen dem Meister Gehorsam schworen. Schon in seiner ersten Osternacht, die die Gesellen unter freiem Himmel verbringen mußten, hörte Krabat die Kantorka (Vorsängerin) singen und war von ihrer schönen Stimme angerührt. Aus diesem Erlebnis entwickelte sich bei Krabat im zweiten Jahr eine Zuneigung zu ihr, bis beide im dritten Jahr die Liebe füreinander entdeckten und eingestanden.

Das Leben in der Mühle zeichnete sich neben der Tatsache, daß sie gleichzeitig eine Zauberschule war, noch durch zwei weitere Besonderheiten aus. Zum einen gab es neben sechs Mahlgängen, mit denen ständig gemahlen wurde, einen Mahlgang, den die Gesellen den Toten Gang nannten, und der nur in der Neumondnacht lief, wenn der Gevatter mit seiner Fuhre kam. Dem Gevatter mußte auch der Meister gehorchen. Was in diesem Mahlgang vermahlen wurde, blieb weitgehend im Dunkeln, nur einmal entdeckte Krabat Zähne und Knochensplitter, die beim Einschütten in den Mahlgang daneben gefallen waren. Der Lehrjunge durfte diese Arbeit erst nach der ersten Osternacht, die er in der Mühle verbrachte, ausführen, das heißt, wenn er in den Bund dieser Mühle initiiert war.

Die andere Eigenart war, daß in der Silvesternacht immer ein Geselle zu Tode kam, der in den ersten Januartagen durch einen Lehrjungen ersetzt wurde. Im ersten Jahr war es der Altgeselle Tonda, der starb, im zweiten Michal und im dritten Jahr sollte es Krabat sein. Krabat glaubte nicht an unglückliche Umstände, die zum Tod der Gesellen führten und vermutete, daß der Meister dafür verantwortlich war. Er lehnte sich gegen diesen Umstand auf und wollte gegen den Meister kämpfen. Dabei gewann er Juro, der von den anderen Gesellen und auch vom Meister als schwachsinnig angesehen wurde und in der Mühle die notwendige Hausarbeit verrichtete, als Helfer. Er konnte aber nur von der Mühle und damit aus dem Machtbereich des Meisters befreit werden, wenn ihn ein Mädchen erlöste, das ihn liebte. Es mußte eine Aufgabe lösen, die ihr der Meister stellte. Die Kantorka war bereit dazu. Krabat wollte ihr beim Lösen der Aufgabe mit seiner erlernten Zauberkraft helfen, die er im Laufe der drei Jahre oft ausprobieren konnte. Er glaubte mit Hilfe eines stärkeren Willens als ihn der Meister besaß, der Kantorka ein Zeichen geben zu können, wenn sie unter zwölf Raben ihren Geliebten herausfinden sollte. Doch die Kantorka, die in jener Silvesternacht in die Mühle kam, in der Krabat sterben sollte, mußte die Aufgabe in anderer Form lösen, als sie Krabat erwartet hatte. Dank der Liebe zu ihm gelang es ihr auch, die Probe des Meisters zu bestehen.

Krabat kam nicht zufällig zur Mühle im Koselbruch, sondern er wurde in seinen Träumen zu ihr gerufen. Es war jedesmal derselbe Traum:

„Elf Raben saßen auf einer Stange und blickten ihn [den träumenden Krabat] *an. Er sah, daß ein Platz auf der Stange frei war, am linken Ende. Dann hörte er eine Stimme. Die Stimme klang heiser, sie schien aus den Lüften zu kommen, von fernher und rief ihn bei seinem Namen. Er traute sich nicht zu antworten. 'Krabat', erscholl es zum zweiten Mal - und ein drittes Mal: 'Krabat!' Dann sagte die Stimme: 'Komm nach Schwarzkollm in die Mühle, es wird nicht zu deinem Schaden sein!' Hierauf erhoben die Raben sich von der Stange und krächzten: 'Gehorche der Stimme des Meisters, gehorche ihr!'“* (Preußler, S. 12)

Die Träume spielen in dieser Geschichte eine bedeutende Rolle und haben ganz unterschiedliche Funktionen. Im allgemeinen sind sie für Krabat Wegweiser oder Warnschilder für kommende Ereignisse. Sie bereiten ihn zum Beispiel auf dramatische Geschehnisse, wie den Tod Michals, vor. Im Traumerlebnis Krabats schaufelte Michal sein eigenes Grab. Am Schluß der Erzählung mußte Krabat das dann selbst tun, als es zwischen ihm und dem Müllermeister zur entscheidenden Auseinandersetzung kam.

Des weiteren offenbaren ihm die Träume Handlungen, die er nicht auszuführen braucht, obwohl er das gern möchte, weil sie nicht zu dem gewünschten Ergebnis führen. Durch sie sieht er die Vergeblichkeit seines Vorhabens ein und unterläßt es, wie beispielsweise eine Flucht aus der Mühle. Denn egal wo der Flüchtende hinläuft, er steht am Schluß wieder vor der Mühle. Der Müllerbursche Merten, der den Tod Michals nicht verwinden konnte, unternahm wirklich mehrere Fluchtversuche, wie sie Krabat träumend vollzog, und gelangte letztlich zum selben Ergebnis, wie es Krabats Traum schon vorher enthüllte.

Auch verrät der Traum, welchen Menschen Krabat wirklich vertrauen kann, nachdem er beschlossen hatte, gegen den Müllermeister zu kämpfen. Zum einen träumte er, wie Juro ihn aus dem Moor rettete, als er darin schon verloren schien, und ein anderes Mal, wie die Kantorka Krabat vor dem Meister barg, als dieser ihn jagte. Als der Meister in dieser Situation zornig befahl, daß Krabat mit ihm kommen soll, fragte die Kantorka: „Warum?“. Der Meister antwortete: „Weil er mir gehört!“ Worauf die Kantorka mit einem schlichten „Nein!“ die Forderung zurückwies *„ - und das sagt sie auf eine Weise, bei der es kein Wenn und Aber gibt. Sie legt Krabat den Arm um die Schulter, dann hüllt sie ihn in ihr wollenes Umtuch. Weich und warm ist es, wie ein Schutzmantel. ‘Komm’, sagt sie. ‘Komm jetzt.’ Und ohne sich umzublicken, gehen sie miteinander weg.“* (ebd., S. 182)

Es zeigt sich also, daß Krabats Träume nichts mit den gewöhnlichen Nachtträumen der Menschen zu tun haben, dazu fehlt ihnen die spielerische Art. Sie weisen vielmehr ganz direkt auf das tatsächliche Geschehen hin.

Diese Art der Träume ist wohl eher mit dem Schlaf im Märchen zu vergleichen.

„Es wird im Märchen ganz außerordentlich oft geschlafen, und zwar nicht nur beiläufig zwischen den wachen Tagen, sondern in lebensentscheidenden Situationen ganz verschiedener Art ... Eine Situation, in der sich der Held absichtlich schlafen legt, obwohl uns das aus mehr als einem Grunde recht unerwartet kommt, ist die des Drachenkämpfers unmittelbar vor dem Kampf. Er legt seinen Kopf der Königstochter, die er zu erlösen vorhat, in den Schoß ... und fällt in tiefen Schlaf.“ (Gehrts, S. 99). Welche Bewandtnis hat es mit diesem Schlaf vor dem eigentlich ungleichen Kampf? Gibt es einen Sinnzusammenhang zwischen der, unter realem Blickwinkel gesehenen, Ohnmacht (Schwäche) des Helden gegenüber seinem an Fähigkeiten weit überlegenen Gegner und dem Schlaf vor der Auseinandersetzung auf Leben und Tod?

Wir können hier Heino Gehrts' Analyse nicht Schritt für Schritt folgen, wollen wir uns nicht allzuweit von der Thematik unserer Untersuchung entfernen, müssen auch auf die reichhaltigen Belege verzichten, die sein Fazit begründen und offerieren hier nur das Resultat: „Wir dürfen als Ergebnis mithin feststellen, daß der Tiefschlaf des Drachenkämpfers unmittelbar vor dem Erscheinen des Ungeheuers ursprünglich nicht ein bloßes Spannungsmotiv des Erzählens darstellt, sondern daß er auf einen Hauptwesenszug des Gesamtgeschehens hinweist, darauf nämlich, daß es im visionären Raum abläuft, in den der Held Eingang gewinnt durch den Hellschlaf. In diesem Raum tritt die feindliche oder erprobte Gewalt - oder irgendeine sonstige 'Macht' - in Drachengestalt in Erscheinung. In ihn tritt auch der Held zum Kampfe ein, und zwar mit derjenigen Teilkraft seines Wesens, die diesem Kampf nach alter Anschauung vorzüglich gewachsen ist, mit dem tierischen Anteil seines Wesens nämlich - und gegebenenfalls auch selbst in einer Tiergestalt, die sich im hypnoiden oder somnambulischen Zustande aus seinem Gesamtwesen herauslöst ... (Im) Kampf gegen den Drachen vollzieht sich der zentrale Anteil der Handlung also nicht im Körperraume, sondern im Raum der Erscheinungen. Daß dieser Wesenszug des Geschehens nicht ausgesprochen wird, ist echt märchenhaft ... Doch wird dieser eigentliche Gehalt der märchenhaften Begebenheit innerhalb der Handlung angedeutet durch die Spannung, in die tätiges Wachen und tiefes, scheinbar tatloses Schlafen zueinander gesetzt werden. Dieser Kunstgriff bedingt merkwürdige Teilungen zwischen Schlafenden und Wachenden, sei es, daß beide zugleich und nebeneinander in verschiedenen Personen auftreten, sei es, daß sich der einzelne Held nacheinander als dieser, einmal als jener darstellt." (ebd., S. 154f.)[1]

Ähnliches gilt nun auch für Preußlers Geschichte. Da Krabat im Schlaf mit Hilfe des Traumes zur Mühle gerufen wird, können wir annehmen, daß er mit dem Gehorchen auf diesen Befehl aus dem Traum in eine andere Erlebnisebene eintritt, die mit dem realen Raum und der

---

1 Siehe die letzten zwei Absätze auch in einem anderen Zusammenhang im Aufsatz des Verfassers „Bewußtseinsvorgänge im Märchen" in der Zeitschrift „Märchenspiegel 3/2000" S. 101.

realen Zeit des alltäglichen Geschehens nichts mehr zu tun hat. Krabat wird, indem er sich als Lehrjunge in der Mühle bei Schwarzkollm einstellen läßt, in eine andere (realitätsferne) Wirklichkeit versetzt. Das wurde ihm auch selbst bewußt, indem er empfand, daß seine Stimme, als er den Vorschlag des Meisters bei ihm zu arbeiten mit einem *„Ich mag“* beantwortete, fremd klang, *„als gehörte sie gar nicht ihm.“* (Preußler, S. 16)

Allein schon aus diesem Grund würden wir es uns bei der Interpretation der Geschehnisse, die in der Mühle im Koselbruch vor sich gehen, zu leicht machen und kämen zu keinem wirklichen Verständnis, wollten wir die Ereignisse, die Krabat in Preußlers Geschichte erlebt, allein auf die Dimension unserer Alltagserfahrung einschränken.

Daß Krabat in dieser dem Alltag im allgemeinen fremden Wirklichkeit auch verbleibt, drückt Preußler durch die beständig wiederkehrenden Träume aus, die nicht außerhalb der sogenannten tatsächlichen Erlebnisse in der Mühle ablaufen, sondern mit ihnen direkt verbunden sind. Beide Formen bedingen sich sogar gegenseitig. Ein sehr schönes Beispiel dafür ist der Traum, in dem Krabat gewahrt, wie jemand auf dem „Wüsten Plan“, wo sich die Gräber der verstorbenen Mühlknappen befinden, zur Weihnachtszeit ein Grab schaufelt. Es ist der Geselle, der Silvester sterben muß. Doch es gelingt Krabat nicht, bis zu ihm zu gehen oder ihn zu rufen. Nachdem er erwacht ist, fragt er sich, wer es wohl gewesen sei, der da geschaufelt hat. Als er zum Brunnen geht, um sich zu waschen, kommt ihm Michal entgegen: *„mit Hacke und Schaufel. Gebückt ging er, schleppenden Schrittes, fahl im Gesicht. Als Krabat ihn ansprechen wollte, winkte er ab. Sie verstanden sich, ohne daß zwischen ihnen ein Wort fiel.“* (ebd., S. 164)

Ein weiterer Beweis dafür, daß Krabat in eine Lebensebene eingetreten ist, die er mit seiner bisherigen Erfahrung nicht vereinbaren und damit bewältigen kann, ist die Tatsache, daß für ihn alle Vorgänge in der Mühle völlig neu sind. Es ist wie ein Abbruch zwischen seinem vorherigen Leben und dem, was er in den drei Jahren in der Mühle erlebt. Und erst die Liebe zur Kantorka wird ihn wieder in die Welt zurückholen, aus der er ursprünglich kam - freilich dann in eine wesentlich bereicherte.

Dementsprechend sind auch die Arbeiten, die er in der Mühle im Koselbruch ausführen muß, erst einmal völlig ungewohnt, und will er sie mit seinen dem Alltag entsprechenden menschlichen Fähigkeiten ausführen, so vermag er die ihm gestellten Aufgaben nicht zu erfüllen. Das wird besonders deutlich bei der ersten Tätigkeit, die der Meister Krabat aufträgt.

„Der Meister führte ihn hinter die Mühle, dort war eine Tür in der Rückwand des Hauses, die öffnete er. Dann betraten sie miteinander die Mehlkammer, einen niedrigen Raum mit zwei winzigen Fensterchen, blind von Mehlstaub. Mehlstaub auch auf dem Fußboden, an den Wänden und fingerdick auf dem eichenen Wiegebalken, der unter der Decke hing. 'Ausfegen', sagte der Meister. Er zeigte auf einen Besen neben der Tür, überließ dann den Jungen sich selbst und ging fort. Krabat machte sich an die Arbeit. Nach wenigen Besenstrichen war er von einer dichten Staubwolke eingehüllt, eine Wolke aus Mehlstaub ... Krabat fing an zu schwitzen. Der Mehlstaub verkleisterte ihm das Haar und die Wimpern, er kitzelte in der Nase, er kratzte am Hals. Es war wie ein böser Traum, der kein Ende nahm: Mehlstaub und wieder Mehlstaub in dichten Schwaden, wie Nebel, wie Schneegestöber. Krabats Atem ging mühsam, er stieß mit der Stirn gegen den Wiegebalken, ihn schwindelte. Sollte er aufgeben?" (ebd., S. 20)

Es ist tatsächlich nicht leicht, einen Mehlboden zu reinigen. Gerade in einer alten Mühle, wo viele Holzbalken und Holzverkleidungen mit Ecken, Ritzen und Einbuchtungen vorhanden sind, in denen sich der Mehlstaub vorzüglich ablagert, gleicht es einer Sisyphusarbeit, einen wirklich reinlichen Zustand zu erzielen. Dazu kommt noch, daß früher in den Mühlen die Reinigung der Räumlichkeiten immer unabgeschlossen bleiben mußte, weil durch den Arbeitsprozeß sofort wieder neuer Mehlstaub entstand. Man konnte also durch kontinuierliches Putzen einen gewissen Grad der Sauberkeit gewährleisten, jedoch nie eine bleibende „vollkommene" Reinheit. Und das gilt heute noch. Mittlerweile werden freilich die Mühlenmaschinen und die Transportwege zwischen ihnen mit Hilfe von Luftabsaugung noch intensiver aspiriert als das noch vor einigen Jahrzehnten der Fall war. Das dabei mit der Luft herausgezogene Mehl wird dann über ein Filtersystem wieder der Mühle zugeführt. Das Mehl wird also in den neueren Mühlen in einem weitgehend geschlossenen Maschinensystem produziert, wo es mit dem Außenraum unter normalen Umständen gar nicht mehr in Berührung kommt. Trotzdem entstehen immer noch Stäube, aber in einer weit geringeren Menge als in der Vergangenheit.

Die ununterbrochene Vermahlung erzeugt also beständig Staub, der sich im Raum verteilt, was eine stete Reinigung in der Mühle erforderlich macht. Wir sehen hier, daß die oben herausgearbeitete Notwendigkeit einer unaufhörlichen Vermahlung, wenn in der Mühle Leben sein soll, sich auch auf die Nebentätigkeiten erstreckt, die ebenfalls beständig durchgeführt werden müssen.

Hier liegt der Grund, warum vormals und manchmal auch heute noch ein Lehrjunge, bevor er in das eigentliche Müllerhandwerk eingeführt wird, zuerst einmal lernt, wie eine Mühle sauber zu halten ist. Dieses zunächst sinnlos erscheinende Ausfegen eines Raumes, weil das Ergebnis der Arbeit im schlimmsten Fall am nächsten Tag schon nicht mehr zu sehen ist und deswegen manchmal von Außenstehenden als Schikane empfunden wird, ist eine Einübung in die stillstandslosen Vorgänge, die eine Mühle lebendig machen. Der Lehrjunge muß in dieser einfachen Tätigkeit, die kein Fachwissen voraussetzt, lernen, daß er bestimmte Prozesse in der Mühle nicht beherrschen kann, sondern sich ihnen einzuordnen hat, will er ein positives Resultat erreichen. Oft verzweifelt er anfänglich bei der Reinigung des Mehlbodens, weil er zu keinem Ergebnis kommt, das ihn bei selbstkritischer Begutachtung zufriedenstellen könnte; er gelangt, selbst nach intensiven Bemühungen, nur zu einer relativen Sauberkeit des jeweilig zu reinigenden Mühlenraumes.

Der Geselle hingegen steht diesem Umstand gelassen gegenüber und fegt den Boden so aus, wie es für eine den hygienischen Forderungen entsprechende Produktion erforderlich ist; er erliegt nicht mehr dem Ehrgeiz, eine „vollkommene" Reinlichkeit zu erzielen.

An dieser Stelle muß aber noch einmal gesagt werden, daß der Müller im allgemeinen keine reflektierte Erkenntnis davon hat, daß eine makellose Reinheit in der Mühle nicht erreicht werden kann. (Unter reflektierter Erkenntnis versteht der Verfasser ein Ergebnis des Denkens, das nicht allein darauf basiert, was der Mensch geistig oder praktisch bewerkstelligen kann, wie das vornehmlich bei den Naturwissenschaften getan wird, sondern es sind in dieser Erkenntnis gleichzeitig die Fragen beantwortet, wer so etwas tut, aus welcher Motivation heraus oder warum genau in jener Art und Weise usw.; das heißt, diese Form des Wissens ist zu vergleichen mit Hegels „zweiter übersinnlicher Reflexion".) Er hat es einfach erfahren und handelt dementsprechend.

Das gilt auch dann, wenn er manchmal Bemühungen anstellt, die diesem unmittelbaren (oder weitgehend unreflektierten) Wissen widersprechen, indem er sich trotz seiner Einsicht für kurze Zeit vom Gegenteil überzeugen möchte. Es wird in vielen Mühlen zum Beispiel heute noch die Forderung erhoben, daß, wenn die Arbeit am Wochenende ruht, am Freitagabend alle Mühlenböden ordentlich geputzt sind, damit diese wenigstens über die freien Tage einen ordentlichen Eindruck machen. Das gleiche Bemühen ist zu beobachten, wenn Kundschaft die Mühle besuchen möchte. Mit einem immensen Kraft- und Zeitaufwand wird dann die Mühle gereinigt und so nicht nur dem Kunden, sondern in erster Linie auch sich selbst ein Grad an Sauberkeit präsentiert, der in der normalen Produktionsphase dauerhaft nie erlangt werden kann. Der Müller verleugnet hier eine Folge der Vermahlung.

Wir erwähnten, daß das Erlernen des Sauberhaltens der Mühle für den Lehrjungen eine Einübung in die ununterbrochenen Vorgänge ist, die sich in der Mühle abspielen, will man von einer Lebendigkeit in ihr sprechen. Er soll erfahren, daß er in einem Prozeß steht, den er nicht völlig beherrschen kann. Er muß sich vielmehr in ihn eingliedern. Das setzt voraus, daß er das Geschehen, das er lediglich bis zu einem gewissen Grad lenkt, akzeptiert. Dies gelingt ihm freilich nur, wenn er eine Liebe zu den äußeren (zunächst auf ihn zukommenden) Ereignissen entwickelt; kurzum, wenn er seine Tätigkeit zu einer Herzenssache macht. Heute klingt das befremdlich, jedoch nur so kann eine wirkliche Einordnung in die Vorgänge der Mühle gelingen, obwohl dafür keine vollständig bewußte Einsicht des Müllers vorherrscht.

Eine Einübung in solche Prozesse, die der Mensch nicht völlig durchschaut bzw. beherrscht und sich deswegen in diese integrieren muß, will er in ihnen etwas erkennen oder erreichen, ist in vergangener Zeit in den verschiedensten Formen und in ganz unterschiedlichen Bereichen durchgeführt worden. Ein sehr prägnantes Beispiel dafür aus dem Gebiet der Pädagogik ist das Auswendiglernen. „Jahrhundertelang bestand ein wesentlicher Teil der geistigen Erziehung in schlichtem Auswendiglernen, dem Lernen von Geschichten, Volksliedern, Sprüchen, Märchen, Gemeinplätzen, Geschichtsdaten usw. Bis zur chinesischen Revolution mußten die kleinen Kinder in der Schule im alten China die chinesischen Klassiker auswendig lernen, in einem Lebensalter, in dem sie unmöglich etwas davon verstehen konnten. Wir neigen dazu, das als pädagogisch unhaltbar, als unsinnig und stumpfsinnig abzutun, weil unsere Pädagogik meint, daß man dem Kind nichts vorlegen sollte, was es noch nicht verstehen könne. Aber das zeigt nur, daß wir nicht mehr verstehen. Die chinesische Pädagogik wollte die Kinder offenbar nicht mit rational zu verstehenden 'Informationen' füttern, nicht mit Analysieren und Diskutieren trainieren, und mit den Klassikern wollte sie den Schülern keine 'Sätze' oder 'Theorien' bieten, sondern Ortschaften, in denen man sich aufhalten kann, Welten, in die man hineinwachsen kann ... Heute ist das Auswendiglernen verpönt. Wir wollen nicht memorieren, sondern wir wollen interpretieren, analysieren, diskutieren. Das heißt aber, daß wir autoerotisch nur aus uns selbst leben wollen. Wir wollen immer selber die Redenden sein und nicht dem Auswendigen das Wort überlassen, daß es in uns hereinspreche. Das soll dann angeblich zur 'Kritikfähigkeit' führen und der Möglichkeit des Manipuliertwerdens wehren. Aber es ist nur die Abwehr des Herzens und der Aufstand des Machtkomplexes, des Eigenwillens. Das Auswendiglernen ist eine Weise, die Kultur des Herzens zu pflegen, inständig in der Wahrheit zu werden. Es ist dabei nicht so wichtig, was gelernt wird, sondern daß ... gelernt wird. Alles Große eröffnet so oder so seine Wahrheit, wenn ihm ermöglicht ist, tief genug in uns einzudringen. Die Gefahr des Manipuliertwerdens ist hier gar nicht so groß, weil der Mensch hier gar keine 'Wahrheiten' festhalten muß, sondern alle seine Erfahrungen entlassen kann. Die Angst vor der Manipulation, das Herumreiten auf ihr als der großen Gefahr zeugt von Herzlosigkeit, von einem schwachen Herzen, das haltlos in der Welt schwebt, weil es nur in sich selbst verankert sein will. Das herzlose Denken im Sinn der Analyse, des Diskutierens, der Information und des Meinens ist viel anfälliger für Manipulation und Suggestion als das im Auswendigen wurzelnde Menschentum." (Giegerich: „Die Atombombe als seelische Wirklichkeit", S. 172f.)

Durch schlichtes Auswendiglernen wurde im übrigen den Mühlknappen in der Mühle im Koselbruch auch das Zaubern gelehrt. *„Einmal die Woche, am Freitag, versammelten sich die Mühlknappen nach dem Abendbrot vor der Schwarzen Kammer, verwandelten sich in Raben ... und ließen sich auf der Stange nieder. Der Meister las ihnen jeweils einen bestimmten Abschnitt aus dem Koraktor* [das Buch, in dem die Zaubersprüche standen und erklärt wurden] *vor, dreimal im Ganzen, den mußten sie wiederholen - gleichgültig, was und wie viel sie* *davon behalten hatten: In diesem Punkt war der Meister nicht kleinlich.“* (Preußler, S. 57f.)

Übertragen wir diese Gedankengänge auf unseren eben besprochenen Sachverhalt des Sauberhaltens der Mühle, so erscheint die Behauptung vielleicht nicht mehr so befremdlich, daß der Lehrjunge mit dem Reinigen der Mühlenräumlichkeiten lernen soll, sich den Müllereivorgängen hinzugeben, sich ihnen einzufügen, weil er den vollen Umfang des Prozesses nicht beherrschen kann. Durch diese einfache Tätigkeit der Reinhaltung eines Mühlenraumes bekommt der Neuling in unmittelbarer Erfahrung eine der Grundbedingungen eines erfolgreichen Arbeitens im Müllerhandwerk mitgeteilt.

Nun wurde bereits festgestellt, daß die Geschehnisse in der Mühle im Koselbruch in einer anderen Erlebnisdimension spielen als im alltäglichen Leben. Deswegen ist das Scheitern dieser ersten Arbeit, die Krabat vom Meister auferlegt bekam, im doppelten Sinne nachvollziehbar, denn neben den schon erwähnten natürlichen Schwierigkeiten ist festzustellen, daß auch die Gesellen diese Arbeit offensichtlich nicht mit ihren „normalen“ Fähigkeiten bewältigen können, sondern ihre erworbene Zauberkraft zu Hilfe nehmen müssen.

Als der Altgeselle (nach der Zunftordnung der Geselle, der den Meister vertreten konnte und einen erheblichen Teil der Arbeitsorganisation übernahm) Tonda Krabat zum Mittagessen aus der Mehlkammer holte, beruhigte er den Verzweifelten: *„ 'Laß gut sein, Krabat - keinem ergeht es am Anfang besser.' Er murmelte ein paar unverständliche Worte, er schrieb mit der Hand etwas in die Luft. Da erhob sich der Staub in der Mehlkammer, als bliese aus allen Fugen und Ritzen der Wind hervor. Eine Rauchfahne, weiß, stob zur Tür hinaus - über Krabats Kopf weg, dem Wald zu. Die Kammer war leer gefegt. Blank war sie bis auf das letzte Stäubchen.“* (ebd., S. 21)

Die anfallenden Arbeiten in der Mühle im Koselbruch wurden fast ausschließlich mit Hilfe der Zauberkraft bewältigt. Wer diese nicht besaß, für den war das Leben in der Mühle kein Honiglecken. So erging es Krabat in den ersten Tagen. Wenn er abends, nach einem langen Arbeitstag, auf dem Strohsack lag, *„war er wie gerädert. Das Kreuz tat ihm weh, die Haut an den Schultern war durchgescheuert, Arme und Beine schmerzten ihn, daß es kaum zu ertragen war.“* (ebd., S. 22)

Vordergründig könnte man diese Erschöpfung von der Arbeit als Darstellungsmittel sehen, daß der Lehrjunge noch nicht die Handwerklichkeit besitzt, um sich die Arbeit zu erleichtern. Gerade bei der körperlichen Tätigkeit in der Mühle besitzt der Müller bestimmte Techniken, um die Schwere der Arbeit bewältigen zu können. Ein Ungelernter zum Beispiel benötigt für das Tragen von Mehlsäcken wesentlich mehr Kraft als derjenige, der schon jahrelang eine solche Arbeit ausgeübt hat und dafür ganz spezifische Fertigkeiten entwickelte, die ihm die Last nicht so schwer erscheinen lassen.

Doch eine solche Auslegung befriedigt keineswegs, denn die Mühlknappen bekommen die Arbeit nicht in jedem Fall durch Zaubermittel erleichtert. Beispielsweise wirkt die Zauberkraft zur Erleichterung der Betätigung allein am Tage. In den Neumondnächten, in denen der Gevatter mit seinem Mahlgut kommt, ist die Arbeit für die Gesellen genauso schwer wie für den Lehrjungen die gewöhnliche Mühlenarbeit in den ersten Tagen. Hierbei handelt es sich ja nicht um eine alltägliche Beschäftigung des Müllers, sondern um eine spezielle (geweihte), nur in dieser Mühle ausgeführte Handlung.

Eine weitere Voraussetzung dafür, daß die Tätigkeit in dieser Mühle mit Hilfe der Zauberei erleichtert wird, ist, daß der Bund der zwölf Mühlknappen und des Meisters in sich geschlossen ist. Das geschieht durch das Initiationsritual während des Osterfestes. Nachdem die Mühlknappen am Ostersonntag mit dem Drudenfuß auf der Stirn (sternförmiges, in einem Zug gezeichnetes Zeichen als Symbol des Geheimnisvollen und der Vollkommenheit) den Gehorsam gegenüber ihrem Meister geschworen haben, müssen sie sich das Mal erst durch harte, beschwerliche Arbeit abschwitzen, ehe ihnen diese Tätigkeit so leicht fällt, als wären die Säcke, die sie tragen müssen, *„mit Bettfedern statt mit Getreide angefüllt.“* (ebd., S. 55)

Es ist also festzustellen, daß die Möglichkeit zu zaubern an bestimmte Bedingungen geknüpft ist.

Die Mühlknappen müssen tatsächlich außerhalb des alltäglichen Lebens stehen, wenn ihnen der Gewinn der Zaubermittel zuteil werden soll. Wollen sie aber dieser Ebene nicht mehr angehören, dann wird ihnen die Arbeit so mühselig, wie sie unter normalen Umständen wäre. Krabat bekam das zu spüren, als er am Ende des dritten Jahres aus dem Bund ausbrechen wollte. Der Meister versuchte ihn zu überreden, die Gesetze dieser Gemeinschaft zu akzeptieren. Er würde Krabat sogar zu seinem Nachfolger machen, wenn dieser nicht gegen die Besonderheiten in der Mühle kämpfte. Nachdem Krabat das Angebot ablehnte, nahm der Meister ihm die Fähigkeit zu zaubern. Nun fühlte sich Krabat *„in die Zeit seines Anfanges auf der Mühle zurückversetzt. Jeder Maltersack, der fünf Metzen wog, wog fünf Metzen, die wollten geschleppt sein: vom Speicher zur Mahlstube, von der Mahlstube auf den Speicher. Krabat blieb nichts erspart, seit er nicht mehr zaubern konnte: kein Schweißtropfen, keine Schwiele.“* (ebd., S. 248)

Im Zusammenhang mit der müllerischen Beschäftigung gibt es noch ein nicht unwesentliches Merkmal, an dem zu sehen ist, daß wir es in der Mühle im Koselbruch mit einem Geschehen zu tun haben, das der Alltag nicht kennt: In der Mühle bei Schwarzkollm wird jeden Tag gearbeitet, den Sonntag nicht ausgenommen. Auch Feiertage, wie Weihnachten oder Pfingsten, bedeuten dort keine arbeitsfreie Zeit. Diese bemißt sich nach anderen Kriterien, wenn zum Beispiel einige Tage nach Silvester nicht gearbeitet wird, weil ein Geselle gestorben ist und die Gemeinschaft der zwölf Mühlknappen erst wieder durch einen neuen Lehrjungen vervollständigt werden muß.

Der Schlüssel für ein umfassendes Verständnis der Geschehnisse in Preußlers Roman liegt in einer möglichst genauen Charakterisierung der „Geheimen Bruderschaft“. Diese setzt sich zusammen aus den zwölf Mühlknappen (den Lehrjungen mit hinzugerechnet) und dem Meister. Es ist ein in sich geschlossener, vollkommener Verbund, der dank dieser Eigenschaft außergewöhnliche Dinge vollbringen kann und die Kraft besitzt, geweihte Tätigkeiten auszuführen, die für einen Einzelnen bzw. für einen außerhalb des Bundes stehenden Menschen nicht durchführbar sind. Gemeint ist vorrangig die Arbeit mit dem „Toten Gang“, wenn der Gevatter mit dem Planwagen kommt.

Der Gevatter selbst steht außerhalb der Bruderschaft, gibt ihr aber den eigentlichen Sinn, wie umgekehrt erst der Gevatter kommen kann, wenn ein geschlossener Bund vorhanden ist. Daß letzteres eine unabdingbare Voraussetzung für jene spezielle Tätigkeit ist, wird daran deutlich, daß in der Zeit zwischen Silvester und Ostern, wo in der Mühle nur elf Knappen vorhanden sind und der zwölfte, der Lehrjunge, noch nicht in die Gemeinschaft initiiert ist, indem er mit dem Mal der „Geheimen Bruderschaft“ gezeichnet wird, der Meister bei der Arbeit in den Neumondnächten den zwölften Mühlknappen ersetzen muß. In der Zeit zwischen Ostern und dem Ende des Jahres sitzt der Meister beim Gevatter auf dem Wagen und beobachtet lediglich das Tun der Gesellen.

Wer der Gevatter ist, wird im Buch nicht direkt ausgesprochen, aber es gibt einige Hinweise, die darauf schließen lassen, daß es sich hier um den „Gevatter Tod“ handelt. Zum einen entdeckt Krabat, wie schon gesagt, an dem Morgen, nachdem er als Lehrjunge die besonderen Aktivitäten in der Neumondnacht das erste Mal beobachtet hatte, daß am „Toten Gang“ Zähne und Knochensplitter liegen, und zum anderen hinterläßt die Anwesenheit des Gevatters keinerlei Spuren im äußerlichen (sogenanntem realen) Leben, was für das Phänomen des Todes typisch ist. In jener Nacht, wo der Lehrjunge Krabat Zeuge der mysteriösen Ereignisse wurde, wollte er die Säcke zählen, die vom Planwagen geholt und nach der Vermahlung wieder aufgeladen wurden, *„aber er nickte darüber ein. Beim ersten Hahnenschrei weckte ihn das Gerumpel von Wagenrädern. Der Fremde, das sah er gerade noch, fuhr mit Peitschengeknall durch die nasse Wiese davon, auf den Wald zu - und seltsam: Der schwer beladene Planwagen hinterließ keine Spur im Gras.* “ (ebd., S. 37)

Zuguterletzt spricht die Verbindung von tiefster Dunkelheit in den Neumondnächten und dem Erscheinen des Gevatters dafür, daß es sich bei ihm um den Gegensatz zum taghellen Leben handeln muß.

Nehmen wir an, der Gevatter sei der Tod, lassen sich die Vorgänge in den „schwarzen Nächten“, wo wohl Skelette auf dem Toten Gang vermahlen werden, gerade mit Hilfe der Resultate, die wir im ersten Teil des Buches über das Wesen der Mühle erhalten haben, sinnvoll erklären. Wir haben dort unter anderem festgestellt, daß das Korn in seiner Form und Zusammensetzung untergehen, also völlig zermahlen werden muß, um das lebenspendende Grundnahrungsmittel Mehl zu gewinnen.

Ähnliches läßt sich nun auch von der Tätigkeit in den Neumondnächten in der Mühle im Koselbruch aussagen. Der Gevatter bringt Skelette, die letzten augenscheinlichen Rückstände eines Leichnams, in die Mühle und läßt den Rest dieses Lebens im Mahlgang endgültig zerstören, um noch einmal relativ sichtbar die Wandlung von der Lebenswelt des einmal existierenden Wesens in die Totenwelt darzustellen. (Daß Knochen noch ein Potential an Leben besitzen, sahen wir bei der Vorstellungswelt der schamanistischen Völker, wo das Zusammensetzen eines Skeletts die Möglichkeit der Wiederbelebung birgt.)

In vergleichbarer Weise läßt sich die in der Vergangenheit und in manchen Gegenden auch noch heute durchgeführte öffentliche Verbrennung (Einäscherung) von Toten erklären. Im Zusammenhang mit dem Schmiedehandwerk stellten wir bereits fest, daß der archaische Mensch das Feuer als Symbol der Wandlung ansah. Da die Seele bei den Völkern, wo das Verbrennen der Toten üblich war, oft als eine luftige Erscheinung angesehen wurde (zu erinnern sei an die frühere Bezeichnung Lebenshauch bzw. -atem, die Verwendung fand, wenn ein Leib eine Seele erhielt oder verlor), konnte sie offenbar erst sicher ins Jenseits reisen, wenn der Körper vollständig vernichtet war. Der letzte dann seelenlose Rückstand war die Asche, oder in der Geschichte von „Krabat“ das Knochenmehl, das wieder auf den Planwagen des Gevatters geladen wurde.

Wir sehen bei einer solchen Interpretation des Geschehens, daß es schwer fällt, diese geheimnisvollen Handlungen als gut oder böse zu bezeichnen, sie erscheinen vielmehr einfach erforderlich. Daß der Gevatter in Preußlers Erzählung trotzdem auf die Seite des Schlechten hin tendiert, muß eher als ein dichterisches Mittel angesehen werden, um die wachsende Distanzierung Krabats von den Gesetzen in der Mühle darzustellen. Aber es sind weniger die Ereignisse in der Neumondnacht, die es Krabat unmöglich machen, in der Mühle weiter zu leben, vielmehr ist der Grund in der Gefährdung des eigenen Lebens bzw. dem seiner Mitgesellen zu suchen.

In der „Geheimen Bruderschaft“ haben die Gesellen keine Macht mehr über ihre eigene Existenz, sie müssen sich dem Geschehen fast unwissend unterordnen, wie wir es schon für die Müller in der Ausübung ihres Handwerks herauskristallisiert haben. Deswegen besitzen sie auch keine wirkliche Kenntnis von der Tätigkeit in den Neumondnächten, außer vom äußeren Ablauf (Säcke vom Planwagen zum „Toten Gang“ schaffen und das gemahlene Gut wieder auf den Wagen laden). Viel mehr ist nicht zu sehen, schon gar nicht, was in die Schüttelrinne geschüttet wird, die das Mahlgut zum Mahlgang führt. *„Krabat warf einen Blick in die Schütte. Im spärlichen Licht der Laterne, die unter der Decke schaukelte, war nicht viel zu erkennen.“* (ebd., S. 59)

Daß es sich bei dieser Arbeit keineswegs um eine typisch müllerische Tätigkeit handelt, wird allein schon am Geräusch des Mahlganges deutlich. Dieser rattert und jault während des Mahlens.

Das Gehör des Müllers spielt bei der Beurteilung, ob die Mühle richtig läuft, eine nicht unwesentliche Rolle. Die Mahlgänge mahlen ordnungsgemäß, wenn sie einen dauernden, ruhigen, dumpfen (brummenden) Ton von sich geben, der in alten Mühlen, wo noch mit Mahlsteinen das Korn zerkleinert wurde, nur durch das Klappern des Beutelwerkes (also des Siebkastens nach dem Mahlgang) und der Schüttelrinne, die dank ihrer Vibration für eine gleichmäßige Beschüttung des Mahlganges sorgt, ein zusätzliches Geräusch bekommt. Das *„Rattern und Jaulen des Toten Ganges“* (ebd.) steht dazu im regelrechten Kontrast. Hier scheint es sich um gewaltsame Vorgänge zu handeln, die Schmerzen bereiten, was das Jaulen während des Vermahlungsvorganges wohl ausdrücken soll.

Kurzum, es ist eine ganz andere Form der Müllerei als die sonst übliche. Aber nicht nur bei dieser speziellen Arbeit in den Neumondnächten wird das deutlich, auch in den sonstigen, sogenannten normalen müllerischen Tätigkeiten in der Mühle im Koselbruch zeigt sich, daß hier eine geschlossene, sich selbst genügende Gemeinschaft tätig ist, die keine Hilfe oder Unterstützung von außen braucht. Die „Geheime Bruderschaft“ existiert auf einer anderen Ebene als die gewöhnlichen Mühlengemeinschaften und schließt diese, wie auch die Bauernschaft, aus ihren Vorgängen aus.

Schon am Anfang fiel es Krabat auf, daß keine Mahlgäste in die Mühle kamen, also Bauern, die ihr Korn zur Mühle bringen und dort warten, bis es gemahlen ist, um das Mehl gleich wieder mitzunehmen.

Auch sandte der Meister beispielsweise keine Botschaft an die anderen Mühlen im Umkreis, als in der Mühle im Koselbruch ein Radhub durchgeführt werden sollte. Bei einem Radhub ersetzte man bei den Wassermühlen, die mit Wasserrädern angetrieben wurden, das alte ausgediente Mühlrad durch ein neues. Es war Brauch, daß an dem Tag, wo das neue Rad auf die Welle gesetzt wurde, die Meister und Gesellen der umliegenden Mühlen bei dieser sehr wichtigen und schwierigen Arbeit halfen und danach alle gemeinsam den erfolgreichen Radhub festlich begingen. *„Aber der Müller im Koselbruch hielt nichts von solchen Bräuchen, ihm konnten die Nachbarsmüller gestohlen bleiben, er meinte: ‘Was soll uns das fremde Volk auf der Mühle? Den Radhub schaffen wir auch allein.“* (ebd., S. 144)

Damit die „Geheime Bruderschaft“ eine andere Wirklichkeitssphäre erlangt, mußten die Mitglieder dieser Gemeinschaft eine bestimmte Handlung ausführen, die sie wirklich zusammenschloß. Dies geschah zu Ostern, wo sich die Mühlknappen das Mal, den Drudenfuß, holten. In der Osternacht (die Nacht vor Ostersonntag) zogen sie zu zweit aus der Mühle und verbrachten die Nacht im Freien, an einem Platz, *„wo jemand gewaltsam zu Tode gekommen ist.“* (ebd., S. 47) Letzteres zeigt schon an, daß es eine besondere Stelle sein muß, wo die rituelle Zeremonie stattfindet. Sie ist nicht nur ein Ort des Todes, also eine Grenzscheide zweier Wirklichkeiten (der des Todes und der des Lebens), sie drückt auch aus, daß der Wechsel in eine andere Welt ungewöhnlich geschah, entweder als gewaltsames Ereignis (Mord, Selbstmord) oder als ein unerwarteter Schicksalsschlag (zum Beispiel ein Unfall mit tödlichem Ausgang), der aus der Perspektive eines voraus berechnenden Geistwesens wiederum ein Ausdruck von Gewalt ist.

Das bedeutet also gleichsam, daß die Sphäre, in die die Knappen gemeinsam eindringen, nicht so ohne weiteres zu erlangen ist. Sie erreichen sie nur unter bestimmten Bedingungen, die die Gesellen durch ihre Handlungsweise, die einen gemeinschaftlichen Willen bezeugt, bekunden müssen. Das Wollen bezieht sich also keineswegs auf den einzelnen Gesellen - später werden wir sehen, daß einige gern den Bund verlassen hätten -, sondern im Ritual in der Osternacht äußert sich ein gemeinsamer Wille aller Gesellen und des Meisters.

Daß die Burschen zu zweit die Stätte aufsuchen müssen, wo sie sich das Mal geben, macht noch einmal deutlich, daß es hier um einen Wechsel zwischen zwei Welten geht. Jeder vertritt die jeweils andere, und indem sie sich gegenseitig den Drudenfuß auf die Stirn zeichnen, zieht der eine den anderen in die neue, dem Alltag entfernte Welt. Es ist bezeichnend, daß der Lehrjunge, der erstmals die andere Wirklichkeit betreten soll, von dem Gesellen zuerst das Mal bekommt, weil dieser schon in der anderen Welt existiert. Für ihn wie für alle anderen Knappen wird das Ritual noch einmal notwendig, um die Gemeinschaft, in die nun ein bisher Uneingeweihter hineinkommt, neu zu schließen.

Indem die Initiation in die „Geheime Bruderschaft“ zu zweit stattfindet, wird zudem noch einmal die notwendige Doppelseitigkeit jedes Lebensphänomens dargestellt, denn allein zwischen zwei Polen ist Leben möglich, wie wir es nicht nur bei dem polaren Gegensatz von Tod und Leben im ersten Teil des Buches sahen, sondern wie dies auch für die Polaritäten „Mann und Frau“, „Tag und Nacht“, „Sommer und Winter“ usw. zutrifft.

Diese Zweiheit wurde auch bei der Aufnahme des Lehrjungen in den Gesellenstand beachtet. Voraussetzung für die Weihe zum Gesellen sind zwei Bürgen, die bezeugen, *„wo und wann der Lehrjunge ... das*

Mühlenhandwerk erlernt habe" und versichern, *„daß der Junge in allen Künsten und Handgriffen hinlänglich unterwiesen sei."* (ebd., S. 99) Es sind für die Bestätigung, daß der Lehrjunge die Reife erlangt hat, Geselle zu werden, unbedingt zwei Gewährsmänner erforderlich, denn *„ 'Einer ist keiner' "*, jedoch zwei sind ein Paar, *„ ' ... und ein Paar ist ausreichend für die Zeugenschaft' "* (ebd., S. 98)

Die Initiation in die „Geheime Bruderschaft" wird jedes Jahr neu durchgeführt, denn alle zwölf Monate muß ein neuer Lehrjunge in den Bund aufgenommen werden, weil in der Silvesternacht immer ein Geselle zu Tode kommt.

Schon beim Tod Tondas in der ersten Silvesternacht, die Krabat in der Mühle im Koselbruch erlebte, glaubte er nicht daran, daß es ein zufälliges Ereignis oder gar ein Unfall war. Zuviel sprach dagegen; der Mißmut der Gesellen in den letzten Wochen vor dem Jahreswechsel und die Bestätigung Tondas gegenüber Krabat, daß die Ursache des gereizten Klimas Angst vor einer zu erwartenden Begebenheit war.

Es scheint sich demnach um ein notwendiges Ereignis zu handeln, daß jedes Jahr ein Geselle stirbt und durch einen Lehrjungen in den ersten Januartagen ersetzt wird.

Daß in einer besonderen Institution alljährlich eine menschliche Seele das Leben lassen muß, ist auch in einigen früheren Varianten der „Krabat-Sage" zu finden. Besonders in der Fassung von Michael Hornig (1858) wird davon ausführlicher gesprochen. (siehe oben S. 64) Jedoch verschwindet in dieser Erzählung das Mitglied der Zauberschule aus dem Dasein, ohne daß für ihn ein direkter Nachfolger vorgesehen ist - zumindest wird das nicht erwähnt.

Aber in Preußlers Roman „Krabat" ist es ein unabdingbares Erfordernis, daß für den toten Gesellen ein neuer unerfahrener Junge in die Mühle bei Schwarzkollm kommt. Das wird daran deutlich, daß zwischen dem Sterbefall eines Gesellen und der Neueinstellung eines Lehrjungen in der Mühle nicht gearbeitet wird.

Wir stellten schon fest, daß sich Otfried Preußlers Erzählung deswegen von den anderen „Krabat-Variationen" so grundsätzlich unterscheidet, weil der Sagenstoff viel mehr mit dem Ablauf des Müllerhandwerks verflochten ist. Und vergleichen wir die Ergebnisse des ersten Teils dieses Buches mit dem Phänomen des jährlichen Todes eines Gesellen und der folgenden Einstellung eines Lehrjungen, eröffnet sich eine sinnvoll erscheinende Erklärung.

Wir arbeiteten dort zum Beispiel heraus, daß der Vermahlungsprozeß die unauflösliche Verbindung von Leben und Tod ausdrückt. Das heißt konkret, das Vergehen des Kornes sichert das Entstehen des Mehles, und nur wenn dieser Vorgang des Zermahlens (Tötens) kontinuierlich fortgeführt wird, entsteht fortwährend neues „Lebensmaterial". Gleichzeitig sagten wir, daß der Müller diese Aussagen nicht vorher gedanklich rekapituliert und daraufhin seine Handlungsweise ausrichtet, sondern diese ergibt sich aus der unmittelbaren Erfahrung mit seiner Arbeit.

Das gleiche gilt nun auch für die Gesellen in der Mühle im Koselbruch, sie sollen das Lebensgeheimnis, das die Mühle mit ihren Arbeitsvorgängen zur Darstellung bringt, direkt spüren. Und da sie in einer anderen, man könnte sagen intensiveren Wirklichkeitsebene leben, wo die Persönlichkeit einem gemeinschaftlichen Willen untergeordnet wird, erleben sie das Wechselspiel von Sterben und neuem Leben, ein Geschehnis, das auf den Wert des Einzelindividuums keine Rücksichten nimmt, unmittelbar.

Nur wenn die Gesellen den Tod wirklich erfahren, scheinen sie geweiht zu sein für die Arbeit, die sie in den Neumondnächten für den Gevatter durchführen müssen. Und da wir davon ausgehen, daß in der Mühle im Koselbruch ein intensiveres Leben stattfindet, so ist es offenbar unerläßlich, daß auch die Regeneration der Mühlengemeinschaft in einem schnelleren Wechsel vor sich geht, als das sonst im Alltag geschieht. Das vereinbart sich auch mit dem Phänomen der verkürzten Lehrzeit in dieser Mühle, die statt nach drei schon nach einem Jahr beendet ist. In ihr vollzieht sich eben in allen Bereichen eine schnellere Lebensbewegung.

Die beständige Veränderung der personellen Zusammensetzung in der Mühle ist folglich eine Wiedergabe des unaufhörlichen Verjüngungsprozesses, der die Kontinuität des Lebens erst ermöglicht.

Diese Auslegung der jährlichen Todesfälle in der Mühle wird noch dadurch unterstützt, daß sie zum Jahreswechsel geschehen, denn auch bei diesem eigentlich abstrakten Vorgang der zeitlichen Orientierung der menschlichen Existenz muß das alte Jahr erst abgeschlossen sein, wenn das neue kommen soll; das folgende Jahr ist erst durch den Verlust des vorangegangenen da.

Kurzum, das Leben ist nur dank der ununterbrochenen Gesamtbewegung „ewig“. Es gebiert immer wieder Neues, das aber nur existieren kann, wenn es gleichzeitig Altes vergehen läßt.

Diese Lebensbewegung muß nun die „Geheime Bruderschaft“ in direktester Form mit vollziehen, will sie sich in ihrer dem gewöhnlichen Dasein gegenüber intensiveren Wirklichkeitssphäre erhalten.

Jedoch nicht nur in dieser dramatischen Weise wird die Verwandlung bekundet, die der Wechsel von einer Welt in eine andere nach sich zieht. Das Mühlenhandwerk selbst kennt einige gemilderte Zeremonien, die das ebenso in leiblicher Unmittelbarkeit zeigen. Somit war es naheliegend, daß Otfried Preußler sie für seine Geschichte ebenfalls nutzte, wie zum Beispiel das „Freimüllern“, wo für den Lehrjungen noch einmal mit körperlichem Schmerz deutlich gemacht wird, daß er die Schwelle zum Gesellendasein überschritten hat. Nachdem Krabat Anfang des zweiten Jahres seiner Anwesenheit in der Mühle vom Meister zum Gesellen ernannt wurde, packten ihn die anderen Knappen, warfen ihn in eine Mehlkiste und durchwalkten den neuen Gesellen. Einer der Burschen sagte: *„ 'Ein Lehrjunge ist er gewesen! ... Nun laßt ihn zwischen die Steine nehmen, ihr Brüder - ein Mühlknappe muß ohne Spelz und Makel sein!'“* (ebd., S. 99f.) Der Müller schien sein Handwerk nur richtig ausführen zu können, wenn er unmittelbar selbst erfuhr, was mit dem Korn bei der Umwandlung in Mehl geschieht. Als die Mitgesellen von Krabat abließen, kam er *„sich vor, als sei er tatsächlich durch eine Mühle gedreht worden.“* Und ein Geselle rief: *„ 'Er ist durchgemahlen ... Nun ist er ein Knappe von Schrot und Korn geworden, dessen sich keiner von uns zu schämen braucht.“* (ebd., S. 100)

Diese Handlungen nach der Gesellenweihe werden heute als Schabernack abgetan und mit abwertenden Urteilen belegt. Es ist ein Beweis dafür, daß der Sinn dieses Rituals nicht mehr verstanden wird und mittlerweile, das werden wir im letzten Kapitel sehen, dafür eigentlich auch keine Notwendigkeit mehr besteht. Umgekehrt scheinen manche Gesellen die drastisch derben Akte auch übertrieben zu haben bzw. nutzten dafür unlautere Mittel, wodurch es manchmal zu juristischen Verfügungen kam, die bestimmte Arten des sogenannten Gesellenschleifens verboten. Zum Beispiel wurde noch bis ins 18. Jahrhundert die Freisprechung mit einer Zeremonie verbunden, „die stark an die Deposition [das Beseitigen von Zeichen der Unreife] oder Taufe der damaligen Studenten erinnern. Ein als Pfaffe verkleideter Altgeselle hielt eine predigtartige Hobel- oder Schleifrede und vollzog die Taufe an dem Neuling ... Die Geistlichkeit eiferte gegen die Gesellentaufe, weil sie darin eine Verspottung religiöser Bräuche sah. Durch den Reichstagsabschied von 1731 wurden schließlich nicht nur die allerdings oft auch mit Roheiten verbundenen Taufen, sondern auch die alten Schleif- und Hobelreden verboten. In Artikel IX des Abschiedes heißt es: 'Item haben sie bei derer Lehrjunge Loßzehlung allerhand seltsame, theils lächerliche, theils ärgerliche und unehrbarliche Gebräuche, als hoblenschleiffen, predigen, taufen, wie sie es heißen, ungewöhnliche Kleider anlegen, auf dem Gassen herumführen oder herumschicken und dergleichen ... ' Deshalb verbot zum Beispiel auch die Eisfelder Innungsordnung 'das Hänseln und Mißbrauch Gottes Worts und Sacramenten, so bey Aufdingen und Loßzehlung derer Lehrjungen sonst vorzugehen pfleget'." (Gleisberg, S. 71f.)

In diesen eben genannten Vorgehensweisen, die die Gesellenweihe begleiteten, war den Gesellen der Zweck ihrer Handlungen wohl selbst nicht mehr klar.

Doch kehren wir zu den Todesfällen in der Mühle bei Schwarzkollm zurück. Es handelt sich bei ihnen offensichtlich um eine weitere Initiation, mit der die Knappen befähigt werden, die spezielle Arbeit für den Gevatter auszuführen. Denn sie können dem Tod nur dienen, wenn sie ihn akzeptieren. Und eine Anerkennung kann erst wirklich entstehen, wenn sie die Kompensationsmöglichkeit kennen, die dem Tod den eigentlichen Sinn verleiht. Die „Geheime Bruderschaft" erfährt ja nicht nur unmittelbar den Verlust eines Mitgesellen, der die Gemeinschaft erschüttert, schon allein deswegen, weil sie nun nicht mehr in ihrem Kreis der zwölf Gesellen geschlossen ist, sondern sie erlebt auch, wie einige Tage später ein neuer Lehrjunge in der Mühle erscheint und den Bund wieder komplettiert. Vorerst freilich nur der äußeren Zahl nach, wirklich wird er erst in der Osterzeit in die Mühlengemeinschaft aufgenommen.

Hier zeigt sich nun noch ein weiterer Grund, warum in der Mühle im Koselbruch gerade in Bezug auf die besonderen Tätigkeiten der „Geheimen Bruderschaft", die Lehrzeit nach einem Jahr schon beendet ist. Mit dem Erlebnis des Todes eines Mitgesellen hat der Lehrjunge die endgültig abschließende Weihe für den Bund erhalten. Er kennt nun alle Gesetze, die diese Gemeinschaft zusammenhalten und die ihnen die ungewöhnlichen Fähigkeiten ermöglichen. Außerdem kommt nun ein neuer Lehrjunge in die Mühle, dem der alte an Wissen und praktischen sowie zauberischen Fähigkeiten weit überlegen ist, womit dieser die Berechtigung erhält, in den Gesellenstand zu treten.

In der ersten Silvesternacht, die Krabat in der Mühle bei Schwarzkollm verlebte, mußte der Altgeselle Tonda, zu dem er das meiste Vertrauen gefaßt hatte, sein Leben lassen. Im dritten Jahr war Krabat selbst ein Todgeweihter. Beide Gesellen verhalten sich jedoch ganz unterschiedlich gegenüber ihrem vorherbestimmten Schicksal.

Sowohl Tonda als auch Krabat erfahren durch ein Taschenmesser, dessen Klinge sich schwarz verfärbt, sobald seinem Besitzer eine Todesgefahr droht, daß sie sich für den Erhalt der „Geheimen Bruderschaft“ opfern müssen. Tonda wehrt sich dagegen nicht, obwohl er Angst vor dem Sterben hat und Traurigkeit empfindet, das Dasein beenden zu müssen. Er fügt sich in die Notwendigkeit, denn er weiß, daß er seinem Los nicht entrinnen kann, zumal er keine Möglichkeit hat, in eine menschlichere Form des Lebens zu gelangen, nämlich sich der Liebe hinzugeben; seine Geliebte war tot.

Krabat hingegen kann sich gegen sein Los wehren, weil er die für den Menschen erfüllendere Äußerung des Lebensmysteriums anstrebt: die Liebe mit der Kantorka zu erleben. Nun stellt sich sofort die Frage, in welcher Art und Weise die liebende Zuneigung zu einem Menschen ebenfalls die Vorgänge von Entstehen und Vergehen wiedergibt.

Zunächst ist erst einmal festzuhalten, daß die Liebe zum Partner sich nicht in gleichmäßiger Beständigkeit erhält. Sie wechselt im günstigsten Fall zwischen Höhen und Tiefen, so daß ihr insgesamt eine gewisse Dauer beschieden ist, oder aber, was wohl öfters vorkommt, sie wird im Rausch erlebt, um danach in der Ernüchterung zu enden, bis sie letztlich stirbt. Noch vor einigen Jahrzehnten wurde das Ereignis des Sterbens der Liebe verdeckt durch den Anspruch und die weitgehende Praxis, einen einmal geschlossenen Liebesbund nicht mehr zu lösen. Das Paar war dann gezwungen, nachdem das liebende Gefühl eine Schwächung erfuhr, eine andere Form des Zusammenlebens zu finden, die von freundschaftlicher Beziehung über Achtung voreinander im Angesicht von vormals Erlebtem bis zu gegenseitiger Gleichgültigkeit reichte. In der Gegenwart, wo in konsequenter Weise die individuelle Gefühlswelt ihre Selbstverwirklichung erfährt, was eben auch die Lebensweise der Liebesgemeinschaft bestimmt, dokumentiert unter anderem der hohe Prozentsatz an Scheidungen, daß die menschliche Liebe genauso dem Werdegang von Entstehen und Vergehen unterliegt wie andere Phänomene des Lebens.

Die Liebe erhält sich nicht durch die zeitliche Dauer einer Liebesbeziehung, sondern mit dem Nachwuchs, der aus ihr entstehen kann. Deswegen spricht man auch von einer erfüllten Liebe, wenn aus der liebenden Partnerschaft Kinder erwachsen. Diese Kinder können später erneut die Liebe in einer „reinen" Gestalt erleben. Nur so erhält die Liebe „Ewigkeit". (Selbst noch im christlichen Hochmittelalter verstand man das Kind als sichtbaren Ausdruck der Unsterblichkeit. Ein beredtes Beispiel vermittelt die Grabkunst aus dieser Zeit. Als die Menschen im 13. Jahrhundert begannen, den Tod als Trennung von Seele und Körper zu empfinden, - vorher war man durchaus der Auffassung, daß die Gesamterscheinung Mensch im Jenseits ihre Existenz in anderer Form fortsetzt - benutzten sie zur gegenständlichen Darstellung der Seele die Gestalt des Kindes. Nachdem der Sterbende die Seele aus dem Mund ausgehaucht hat [hier haben wir wieder die schon erwähnte Identität von Atem, Seele und Leben], wird sie als Kind von einem Engel empfangen und ins ewige Jenseits geleitet.)[2]

Um auf den Roman von Otfried Preußler zurückzukommen: die Liebe Krabats zur Kantorka ist schon eine Reaktion auf den vorher entstandenen Widerwillen Krabats gegen die Gesetze der „Geheimen Bruderschaft". Er findet in dem Geschehen, das in der Mühle abläuft, keinen Sinn.

In der gesamten Geschichte ist er der einzige, der sich bei keinem Ereignis in den Bund vollständig integrieren kann. Er bleibt im Großen und Ganzen immer einer, der außerhalb der Vorgänge steht, sie in erster Linie betrachtet. Krabat nimmt nichts hin wie es ist, sondern staunt immer wieder aufs Neue über die Wunder, die in der Mühle geschehen und muß sie hinterfragen.

Ein markantes Beispiel dafür ist sein Erstaunen über die Ereignisse bei der Fahrt zum Kurfürsten in Dresden. Der Meister nimmt ihn im zweiten Jahr seiner Anwesenheit in der Mühle mit. Als sie das Schloß betreten, trägt Krabat plötzlich statt seiner Müllerkleidung die Tracht eines Junkers. Die Verwunderung darüber ist eigentlich nicht nachvoll-

2 Die hier kurz erörterten Gedanken über das Phänomen der Liebe werden in dem Buch des Verfassers „Vom Wesen der Keuschheit" (Igel Verlag, Oldenburg 2000) unter den Kapiteln „Romeo und Julia" und „Liebe und Tod" umfassender geschildert.

ziehbar, denn schließlich erlernt er in der Mühle bei Schwarzkollm nicht nur das Mühlenhandwerk, sondern gleichfalls die „Schwarze Kunst“ des Zauberns, so daß solche Verwandlungen für ihn nichts Ungewöhnliches sein dürften. Schließlich löst er selbst auch den Bann des Offiziers am Eingang des Schlosses, den der Meister festgebannt hat, nachdem dieser beide am Einlaß hindern wollte. Jedoch für Krabat sind solche Handlungen nicht selbstverständlich, sie erscheinen ihm nach wie vor absonderlich. Er akzeptiert die Regeln in der Mühle nicht ungefragt, was ein fehlendes Verständnis für sie signalisiert.

Auch die anderen Gesellen billigen nicht jedes Geschehnis in der Mühle. Alle fürchten sich beispielsweise vor der Silvesternacht. Aber ihre Furcht führt nicht dazu, die Gesamtheit der Vorgänge in Frage zu stellen. Sie glauben ihr Überleben nur sichern zu können, wenn sie die vorgegebene Ordnung anerkennen, ob sie ihnen gefällt oder nicht. Nur Merten, der den Tod Michals nicht verwinden kann, revoltiert gegen das bestehende System, indem er aus dem Kreis der „Geheimen Bruderschaft“ durch den Freitod ausbrechen will, nachdem die Flucht aus der Mühle mißlang. Doch wer im Prozeß von Entstehen und Vergehen unmittelbar eingebunden ist, kann weder davor flüchten (darum kehrt der Ausreißer ohne äußere Einwirkung immer wieder zur Mühle zurück), noch besitzt er die Freiheit, seine Todesstunde selbst zu bestimmen. Deshalb mußte dieser Versuch mißlingen und der Meister antwortete darauf: *„Wer auf der Mühle stirbt, das bestimme ich!“* (Preußler, S. 188) Vorher spuckte er voller Abscheu vor Merten aus, weil der das Lebensgesetz der Mühle verletzen wollte. Die Mühlknappen fühlten sich jedoch alle angespuckt, denn nur gemeinsam vertreten sie das Lebensmysterium als „Geheime Bruderschaft“.

Krabat spielt also von Anfang an eine besondere Rolle in diesem Bund. Er wird sich zu keinem Zeitpunkt in die Gemeinschaft völlig einbinden lassen, sondern bewahrt sich immer einen nicht unwesentlichen Rest an Autonomie gegenüber der „Geheimen Bruderschaft“. Das sichert ihm eine gewisse Distanz, die die Möglichkeit bietet, das Geschehen zu bewerten. Krabat beurteilt die Ereignisse auch beständig, indem er sie in die Kategorien „Gut“ und „Schlecht“ einteilt. Von dieser Klassifizierung aus bestimmt er sein Handeln.

Gerade dieser abgrenzende Standpunkt Krabats ist dafür verantwortlich, daß sich der Leser sehr schnell mit ihm solidarisiert, denn beide bewerten die Ereignisse aus einer ähnlichen Position. In der Regel empfindet der Lesende beispielsweise - wie Krabat - einen Widerwillen gegen den notwendigen Tod eines Gesellen in der Silvesternacht, damit die Existenz der Mühlengemeinschaft im Koselbruch erhalten bleibt.

Als bewußte Persönlichkeit nimmt Krabat die unvermeidliche Vergänglichkeit nicht einfach hin, er wehrt sich vielmehr dagegen.

Dieser Kampf ist freilich im Bereich der Mühle genauso zwecklos wie eine Flucht. Das wird Krabat wieder mit Hilfe eines Traumes deutlich gemacht, nachdem er einige Tage vor der Silvesternacht im zweiten Jahr seines Aufenthaltes in der Mühle im Holzschuppen einen Sarg entdeckt hat, der für den Gesellen bestimmt ist, der zu Silvester stirbt. Im Traum will er den Sarg zerschlagen. *„Er findet es unerträglich, daß er da steht und auf jemand wartet, der Sarg. Mit dem Handbeil macht Krabat sich an die Arbeit. Er trennt die Bretter, er spaltet sie auf, von oben bis unten, so oft es geht. Dann zerhackt er sie zu handlichen kleinen Scheiten, die will er in einen Korb packen ... Wie er sich aber umschaut nach einem Korb, macht es klapp! - und der Sarg hat sich wieder zusammengesetzt, er ist heil und ganz. Da geht Krabat zum zweiten Mal mit dem Beil auf ihn los und macht Kleinholz daraus. Doch kaum ist er damit fertig, da macht es klapp! - und der Sarg ist ganz. Krabat versucht es ein drittes Mal, voller Wut nun. Er hackt und hackt, daß die Späne fliegen, bis alles zu einem Haufen winziger Splitter zerdroschen ist - aber was nützt es ihm? Klapp! Steht der Sarg wieder da, ohne Riß und Schramme: Er wartet auf den, der ihm sicher ist."* (ebd., S. 162f.)

Obwohl Krabat nicht restlos mit den Vorgängen in der Mühle verbunden ist, vermag er sich nicht mit eigenen Kräften gegen sie aufzulehnen, denn trotz einer relativen Selbständigkeit bleibt er Teil der Mühlengemeinschaft und besitzt ja eben deswegen zauberische Fähigkeiten, die nur in und durch die „Geheime Bruderschaft" erlangt und angewendet werden können.

Doch was unterscheidet Krabat von den anderen Mühlknappen, die ihn immer wieder zurechtweisen, die Regeln in der Mühle anzuerkennen, selbst wenn es sich um den Tod eines Mitgesellen handelt?

„ 'Die Toten sind tot ... Sie werden nicht wieder lebendig, wenn man von ihnen spricht.' " (ebd., S. 105), sagt beispielsweise Michal, als Krabat mit ihm über den Tod Tondas sprechen will. Und Krabat bekommt Tonda selbst im Traum, wo er ihm noch einmal begegnet, nicht zu Gesicht, denn Tonda ist *„am anderen Ufer"* (ebd., S. 103), und zu

ihm gelangt Krabat nur, wenn er seinerseits das Totenreich betritt. Tonda darf auch nicht mehr zurückblicken. Der Tod ist der endgültige Abschluß eines individuellen Lebens, eine Rückkopplung zu noch lebenden Individuen ist unmöglich.

Die Trauer der Mühlknappen über den Verlust eines Mitgesellen ist durchaus echt und schmerzhaft, aber sie verfliegt, sobald die Mühle am Vorabend des Dreikönigstages wieder anläuft. Dann ist ein neuer Lehrjunge in die Mühle gekommen, was den personellen Ausfall ausgleicht. Das Leben in der Mühle läuft weiter. Die Müllergesellen sehen schließlich ein, egal welche persönliche Stellung sie zu den Geschehnissen einnehmen, sie können es nicht ändern, sie müssen es hinnehmen, wie es kommt. Sich dagegen wehren, heißt wider das Leben handeln, was sie selbst gefährden würde.

Bei den Gesellen schwindet die Trauer auch deshalb so schnell, weil sie die gestorbene Person aus dem Gedächtnis verlieren. Es ist wieder Michal, der Krabat darauf aufmerksam macht: *„'Wer auf der Mühle im Koselbruch stirbt, wird vergessen, als ob es ihn nie gegeben habe: nur so läßt sich's für die anderen weiterleben - und weitergelebt muß werden ... '"* (ebd., S. 143)

Was als letzte Erkenntnis aus dem Tod eines Mitgesellen übrig blieb, war, daß am Ende des Jahres wieder jemand sterben mußte. Das war Krabat schon nach dem Tod Tondas klar; zumindest verhielt er sich dementsprechend:

Krabat wollte, Monate nach dem ersten Todesfall, den er in der Mühle miterlebt hatte, auf Tondas Grab einen Strauß Kuckucksblumen legen. Als er auf dem „Wüsten Plan", wo die Toten begraben werden, anlangte, *„sah er die Reihe der flachen, länglichen Hügel vor sich in der Morgensonne: Einer war wie die anderen, ohne Kennzeichen, ohne Unterschied. Hatten sie Tonda am linken Ende der Reihe begraben oder am rechten? Die Abstände zwischen den Hügeln waren nicht gleichmäßig. Möglich, daß Tondas Grabstelle irgendwo zwischendrin lag. Krabat war ratlos. In seiner Erinnerung war nichts, was ihm Anhalt geboten hätte ... 'Es soll wohl nicht sein', dachte Krabat. Langsam schritt er die Reihe hinauf und legte auf jeden Hügel eine der Kuckucksblumen. Zum Schluß blieb eine übrig. Er drehte den Stengel zwischen den Fingern, betrachtete sie und sagte: 'Dem Nächsten, den wir hier draußen begraben werden ... '"* (ebd.)

Der sofortige Verlust der persönlichen Identität des Verstorbenen, der in dieser Episode deutlich wird, zeigt die Verwobenheit der Mühlknappen in den Prozeß von Entstehen und Vergehen. In dieser Ganzheit ist jede einzelne Erscheinung nur da, um die Gesamtheit zu erhalten, wie umgekehrt sie nur durch die Einzelerscheinungen besteht. Im Angesicht der Totalität des Lebens ist nicht das Individuum, an das sich ein anderes erinnert, von ausschlaggebendem Wert, sondern jedes Einzelwesen sichert das Fortbestehen dessen, was wir Leben nennen, egal welchen Charakter es besitzt oder welchen wie auch immer gemessenen Verdienst es im Dasein erwirbt.

Ist der Mensch unmittelbar im Leben eingewoben, so gilt seine Erinnerung gleichsam für alle Toten, wie wir es bei vielen ursprünglichen Völkern feststellen können, denn jeder Tote hat mit seinem Ableben ermöglicht, daß die noch Lebenden weiterhin existieren. Gelangt man nicht bis zu dieser Einsicht, dann bleibt nur das Vergessen, wie es die Gesellen in der Mühle bei Schwarzkollm tun.

Doch Krabat ist *„weder gewillt noch imstande"* (ebd.) zu vergessen, und somit zeigt sich ein deutlicher Unterschied zu den Mitgesellen. Er kann sich mit dem Geschehen nicht abfinden, er resigniert auch nicht vor der anfänglich erlebten Ohnmacht gegenüber den Mächten, die die Ereignisse im Koselbruch bewirken. Er ist überzeugt, daß er sich retten kann, wenn er seine eigene Willenskraft stärkt. Damit behauptet er die Distanz zur „Geheimen Bruderschaft" und erhält eine Reife, die ihn empfänglich macht für eine Kraft, die der in der Mühle, wie sie der Meister vertritt, nicht nur gleichwertig ist, sondern weit überlegen: die menschliche Liebe, die Krabat bei den Begegnungen mit der Kantorka erfährt.

In diesem Sinne könnte tatsächlich die entwicklungspsychologische Auslegung greifen, denn die Phase der Pubertät ist durch den Umschwung gekennzeichnet, der den Jugendlichen aus dem kindlich direkten Erleben seines Daseins herausreißt, hin zu einer distanzierteren Stellung. Aus dem gewonnenen Abstand heraus versucht nun der Heranwachsende einen neuen Platz in der bisher bekannten Geborgenheit zu suchen, was meist mit erheblichen Konfrontationen einhergeht, weil auch die Umgebung die Persönlichkeitsentwicklung des Jugendlichen in ihren bisher gewohnten „Gang" erst integrieren muß.

Die in der Pubertät entstehende weitgehende Eigenständigkeit hat auch zur Folge, daß der junge Mensch in dieser Phase erstmals ein umfassendes Gefühl der Verlassenheit und damit der Kälte erfährt. Diese wachsende Einsamkeit, die eben auch durch die Auseinandersetzungen mit der nun neu erlebten Welt entsteht, kann dank der körperlichen und seelischen Entwicklung zur Geschlechtsreife durch eine völlig andersgeartete Form der Liebe, als sie das Kind bisher erlebte, allmählich kompensiert werden.

Doch stößt der Vergleich der pubertären Entwicklung eines Jugendlichen mit den Erlebnissen Krabats an Grenzen, weil dieser durch das Erlangen der Reife in Lebensgefahr gerät, was beim Wechsel von der Kindheit ins Erwachsenenalter wohl kaum der Fall ist, denn der Verlust der kindlichen Unschuld wird fast automatisch durch eine andere Lebensform ersetzt, die der Jugendliche zudem auch anstrebt.

Krabat hingegen kann keineswegs sicher sein, den Kampf gegen die bestehenden Verhältnisse lebend zu überstehen, weil derjenige Geselle, der sich mit seinem Tun oder durch das neu erworbene Wissen gegen die „Geheime Bruderschaft" stellt, dem Tod geweiht ist.

Wir hörten schon, daß der Meister entscheidet, wer am Ende des Jahres sterben muß. Das geschieht aber keineswegs willkürlich, sondern die Entscheidung des Meisters ist ebenfalls den Gesetzen der Gemeinschaft in der Mühle untergeordnet. Er muß durch seine Macht in erster Linie dafür sorgen, daß der Bund erhalten bleibt. Und dementsprechend wählt er aus, welcher Geselle sterben muß. Es ist immer der, der die Existenz der „Geheimen Bruderschaft" durch sein Verhalten in Gefahr bringt. Sowohl Tonda (der ein Mädchen liebte, das ihn aus dem Bann der Mühle hätte erlösen können, wenn sie nicht schon vorher gestorben wäre), als auch Michal (der das Schweigegebot bei der Arbeit in der Neumondnacht verletzte und vor dem Gevatter den Meister zurechtwies, die Gesellen nicht so zu schinden), gefährdeten die Einheit der Gemeinschaft und mußten deswegen für immer verschwinden.

Auch Krabat war in seinem dritten Jahr in der Mühle eine Gefahr für den Bestand des Bundes und wäre genauso zu Tode gekommen wie die beiden anderen Gesellen, wenn er nicht eine wirkliche Fluchtmöglichkeit gefunden hätte.

Wir sehen bei diesem Entscheidungsspielraum des Meisters erneut, daß, wenn der Leser dem Geschehen gegenüber eine relativ neutrale Stellung einnimmt, der Meister nicht so ohne weiteres als das Böse klassifiziert werden kann. Umgekehrt verstehen wir, daß Krabat ihn als eine Macht ansehen muß, die aus seiner Sicht Schlechtes bewirkt, weil er in seinem Entwicklungsstadium diese Form des Lebens nicht mehr hätte ertragen können.

Ein dichterisches Mittel von Otfried Preußler, die Mißachtung der Gesetze in der Mühle bei Schwarzkollm durch die Gesellen, die sterben werden, darzustellen, ist die Hilfe, die sie dem jeweiligen Lehrjungen in den ersten Monaten dank ihrer Zauberkraft zuteil werden lassen, damit dieser die schwere Arbeit bewältigen kann. Dabei gehört gerade die Erfahrung der qualvollen Tätigkeit in dieser Mühle, die erst mit der vollzogenen Aufnahme in die „Geheime Bruderschaft" eine wesentliche Erleichterung erfährt, zu den Grundvoraussetzungen für eine echte Weihe in den Bund, denn damit lernt der Lehrjunge die Vorzüge kennen, die er genießt, sobald er in dieser besonderen Gemeinschaft aufgenommen ist. Die Unterstützung der Lehrjungen (Tonda hilft Krabat, Michal steht Witko bei und Krabat leistet Lobosch Beistand) bedeutet letztlich die Bevorzugung einer Persönlichkeit und verletzt damit die Geschlossenheit der Gemeinschaft, die das Individuelle in ihr nicht kennen will, weil es ihre Gesamtkraft schwächen würde.

Es gilt nun eine Figur in Preußlers Roman zu beleuchten, die all diese Kenntnisse, die wir bisher über die Funktionsweise der „Geheimen Bruderschaft" herausgearbeitet haben, mehr oder weniger durchschaut. Deshalb weiß auch Juro, der angeblich dumme Mitgeselle, der nur für die notwendige Hausarbeit in der Mühle taugt, daß er als nächster sterben würde, wenn der Meister erführe, welche Kenntnisse er besitzt.

Juro nimmt im Verhältnis Krabats zu den anderen Mühlknappen eine Zwischenstellung ein. Einerseits besitzt er wie Krabat eine distanzierte Haltung zu den Vorkommnissen in der Mühle am Schwarzen Wasser, jedoch seine Individualität erlangt nicht diese qualitative Ausprägung, daß er sich als Konsequenz seines Wissens gegen die bestehende Ordnung wehrt. Seine Klugheit führt lediglich dazu einzusehen, daß die Präsentation der größten Unwissenheit, indem er sich schlichtweg dumm stellt, für ihn eine weitgehende Lebenssicherheit bietet.

Diese Bewußtseinsstufe, die Juro verkörpert, die wider besseres Wissen ein Integrationsbestreben hat, können wir entfernt mit der der rituellen Kulturen vergleichen. Auch sie erfuhren ihre Bewußtheit als etwas außerhalb des wahrnehmbaren natürlichen Geschehens Ablaufendes, erkannten aber, daß sie die Harmonie mit ihrer Welt, in der sie lebten, nur mit dem Bestreben, zumindest zeitweise mit dieser wieder zu verschmelzen, erhalten konnten. Freilich waren bei diesen Völkern gleichzeitig die Rituale dazu da, die Bewußtseinsvorgänge als einen schöpferischen Akt äußerlich deutlich zu machen, doch widerlegt das nicht die Bemühungen um Aufhebung des Abstandes zur äußeren Lebenswelt.

Juros Verhalten ist also widersprüchlich. Er ist klug, weil er dem Leben in der Mühle, das er so nicht akzeptiert, als ein Schwachsinniger begegnet.

Erst als er sich mit Krabat, also einer, wenn auch an Erfahrung ärmeren, aber in einem wesentlichen Punkt viel ausgereifteren Persönlichkeit, solidarisiert und damit selbst eine neue Qualität seiner Verhaltensweise erzielt, gerät auch sein Leben in Gefahr, weil er nun ebenfalls gegen die Umstände in der Mühle kämpft.

Wenn die Gestalt des Juro den ersten Schritt verkörpert, sich von dem Geschehen in der Mühle bei Schwarzkollm zu distanzieren, so drängt sich sofort die Frage auf, wie die Figur des Pumphut (bei Preußler wird er „Pumphutt" geschrieben) einzuordnen ist. Er besiegt den Meister in einem Zweikampf, bei dem beide ihre Zauberkräfte messen.

Bei Pumphut vermengen sich wohl eine märchen- oder sagenhafte Gestalt und die Wunschvorstellungen der armen und geknechteten Müllergesellen. Er ist „in seiner engeren Heimat, der Lausitz, noch heute als 'Bumbhutt, dr Äberlausitzer Hexenmeestr', bekannt". (Gleisberg, S. 75) In Wilthen in der Oberlausitz ist noch ein Denkmal des Pumphut zu sehen. „Manche meinen, Pumphut sei keine bestimmte historische Persönlichkeit gewesen, während ihn die Volksüberlieferung zum Beispiel mit dem Alten Dessauer (1693-1747), den man ebenfalls für zauberkundig hielt, in Verbindung bringt. Bechstein hält ihn für einen vermenschlichten Mühlenkobold ... aus dem die Leute gar nicht recht klug werden ... " (ebd.) Pumphut ist „die Verkörperung des wandernden Müllers und Mühlenarztes schlechthin. Sein Handwerk erschien einer technisch nicht so durchgebildeten Bevölkerung manchmal wohl als Teufelswerk und Zauberei. So wurde - etwa seit dem Ausgang des 17. Jahrhunderts - ein ursprünglicher Dämon in der Gestalt des Mühlknappen Pumphut allmählich zu einem Zauberkünstler und Hexenmeister, dem man immer mehr Künste und Fertigkeiten andichtete, wie einst dem Doktor Faust oder dem flämischen Volkshelden Till Eulenspiegel, mit denen er viele gemeinsame Züge hat." (ebd., S. 76)

Pumphut tritt unverhofft und in eigenwilliger Art auf, ist dem Bösen überlegen und hilft den Schwachen und Hilflosen, wie zum Beispiel in Preußlers Roman den hungernden Mühlknappen in Schleife. Mit einem Schlag seiner flachen Hand auf den Tisch bringt er die dortige Mühle zum Stehen, *„ohne daß was nachklappert oder ausrumpelt“* (Preußler, S. 130) und läßt sie erst wieder weiter laufen, nachdem der geizige Müllermeister einen Vertrag unterzeichnet, der seinen Gesellen ausreichende Mahlzeiten garantiert.

Der schon erwähnte Zweikampf mit dem Meister der Koselbruchmühle verläuft anders, denn hier treffen zwei Gegner zusammen, die beide die Fähigkeit besitzen zu zaubern. Deshalb kommt es auch nicht zu einem unmittelbaren körperlichen Kräftemessen, sondern sie tragen den Kampf auf einer anderen Ebene aus, indem sie auf den Tisch vor ihnen Tiere hinzaubern, in deren Gestalt sie dann miteinander ringen. Zunächst stehen sich eine rote Maus, die Pumphut auf den Tisch spuckt, und eine schwarze Maus, die der Meister herzaubert, gegenüber. *„Die Mäuse umkreisen einander auf flinken Pfoten, eine versucht die andere in den Schwanz zu beißen: die rote die schwarze, die schwarze die rote. Schon setzt die Schwarze zum Biß an - da schnalzt der fremde Bursche mit den Fingern. Dort wo die rote Maus sich geduckt hatte, duckte sich nun ein roter Kater zum Sprung bereit. Augenblicklich verwandelt auch die schwarze Maus sich in einen Kater ... “* (ebd., S. 153f.), schließlich kämpfen beide noch als Hähne, wobei schließlich der rote Hahn den schwarzen in die Flucht schlägt.

In der ungarischen Volksdichtung ist diese Art von Zweikämpfen zwischen Tàltoschen bekannt. „Der tàltos war ein dem Namen nach bekanntes, positives Mitglied der bäuerlichen Gesellschaft. Er stellte seine übernatürlichen Fähigkeiten in den Dienst der Gemeinschaft und versuchte, die in seinem Wirkungsbereich auftauchenden Probleme mit magischen Mitteln oder auf alltägliche Weise zu lösen.“ (Kovàcs: „Schamanistisches im ungarischen Volksmärchen“, in: „Schamanentum und Zaubermärchen“, S. 113f.) „Der Kampf der Tàltosche erfolgt oft in Tiergestalt: Pferde, Stiere, Katzen, Büffel usw. kämpfen untereinander, oder sie kämpfen als glühende Räder gegeneinander. Die Farbe des Gegners ist immer schwarz oder blau; der sogenannte gute Tàltosch soll immer entweder weiß oder rot erscheinen. Die Tàltosche kämpfen oft um das Wetter, und während dieses Kampfes sammeln sich die Wolken am Himmel. Wenn der gute Tàltosch siegt, verzieht sich das Gewitter;

sollte aber der schlechte Tàltosch siegreich sein, so hat das ein Gewitter oder einen Schaden zur Folge“ (Nagy: „Schamanismus in den ungarischen Glaubenssagen“, in: „Schamanentum und Zaubermärchen“, S. 125) Auch während des Zweikampfes zwischen Pumphut und dem Meister geht ein Gewitter im Koselbruch nieder und in dem Augenblick, wo der rote Gockel den schwarzen besiegt, flammt ein letzter, gewaltiger Blitz *„auf, dann ein Donner wie tausend Paukenschläge - und Stille für diesmal ... “* (Preußler, S. 154)

Wir werden bei dieser Form der Kämpfe noch einmal erinnert an den Schlaf des Drachenkämpfers im Märchen, bevor er mit dem Ungeheuer seine Kräfte mißt. (siehe oben S. 77f.) Hier wie dort spielt sich der Zweikampf nicht im sogenannten Realraum ab; sondern sowohl der Schlaf als auch die Verwandlung in ein Tier bringen die Kämpfenden in eine andere Wirklichkeitssphäre, wo der im Alltag tatsächlich Schwächere einem übermächtigen Gegner durchaus als gleichberechtigter Partner gegenübertreten kann.

Wenn Pumphut in der Geschichte Preußlers den Meister im Zweikampf besiegt, so zeigt er mit seinem anschließenden Verhalten, daß er in der gleichen Welt lebt wie dieser, denn er benutzt seine zauberischen Fähigkeiten, die den Sieg ermöglichten, nicht, um sie gegen das Leben in der Mühle am Schwarzen Wasser zu richten. Er erkennt das Lebensgesetz an, das in ihr herrscht. Es war ein bloßes Ringen zweier, man möchte fast sagen, mythischer Wesen, die aber in ihrer Wirklichkeit verbleiben. Der Sieg Pumphuts zeigt Krabat jedoch, daß der Meister nicht unbezwingbar ist. Trotzdem führt das Auftreten Pumphuts Krabat in seinem Bemühen, sich vom Bann der Mühle zu befreien, in eine falsche Richtung, denn er glaubt nun, daß, wenn er die Fähigkeit zu zaubern immer weiter ausbildet, seine Zauberkraft eines Tages ausreicht, um erfolgreich gegen den Meister zu kämpfen. Aber das Ende der Geschichte beweist, daß ihm das nicht gelingen kann, weil die Stärke des Zaubers gerade aus der Akzeptanz der Prozesse erwächst, die das Zaubern erst ermöglichen und gegen die Krabat eigentlich ankämpfen will. Pumphut wäre wohl dem Meister unterlegen gewesen, hätte er mit diesem Zweikampf das Bestreben gehabt, die Mühlknappen zu befreien.

Daß Pumphut die Ordnung in der Mühle nicht antastet, wird daran deutlich, daß er den Sieg lediglich für sich selbst nutzt. Nur auf seine Person bezogen zwingt er den Meister, das Brauchtum der Müllerzunft zu achten, nämlich wandernden Müllerburschen, die zu einer Mühle kommen *„für einen Tag Kost und Herberge für die Nacht zu gewähren ... “* (ebd., S. 151) Als Monate später die Bauern von Schwarzkollm zum Meister kommen und ihn anflehen, er soll es mit Hilfe seiner Zaubermittel schneien lassen, damit die Wintersaat bei der schneelosen Kälte nicht verdirbt, verweigert er wieder kategorisch die Hilfe. Das geschieht diesmal ungestraft, weil das Alltagsleben nicht in das der Mühle im Koselbruch hineinreicht. Der Meister stellt seine Zauberkraft allein in den Dienst der „Geheimen Bruderschaft“. Selbst wenn er dem Kurfürsten in Dresden rät, weiter Krieg gegen die Schweden zu führen, so liegt, dem Aufbau der Handlung nach, der Schluß nahe, daß er mit diesem Rat dem Gevatter, also dem Tod, Kriegstote sichern will. Freilich, konsequent betrachtet, widerspräche das dem Charakter des Todes, der sich seiner Toten sicher ist und deswegen geduldig auf sie warten kann; es mangelt ihm schlichtweg an so etwas wie persönlichem Ehrgeiz, die Zahl der Toten für den Augenblick vermehren zu müssen, wo ihm jedes Lebewesen sowieso früher oder später zukommt.

Kurzum, der Meister in Preußlers Geschichte benutzt seine Schwarze Kunst nie für persönliche Zwecke, die außerhalb des Interesses des Bundes stehen, während die Mühlknappen dies durchaus tun, oft genug zum eigenen Spaß. Das ist der qualitative Unterschied, der den Meister gegenüber den Gesellen wirklich zum Meister macht.

Umgekehrt sollen die Mühlknappen, die das Zaubern erlernen, wie Kinder ihre Kenntnisse in einem vielfältigen Spiel festigen. (Das Spiel der Kinder ist nicht in der heutigen alltäglichen Bedeutung zu verstehen, wo es als weitgehend sinnentleerte Beschäftigungstherapie angesehen wird, sondern es ist eine ernsthafte Form der Lebensauseinandersetzung, ohne die eine Existenzsicherung für das spätere Dasein nicht möglich ist.) Darum schickt sie der Meister oft über Land, um die reichen Bauern zu foppen, aber gleichfalls um die Gesellen zu lehren, daß sie auch außerhalb der Mühle weiterhin unter den Gesetzen der „Geheimen Bruderschaft“ stehen. Das ist der Grund, warum der Meister Krabat bestraft, als dieser sich beim Pferdemarkt in ein Pferd verwandelt, damit es verkauft werden kann, obwohl der Meister angeordnet hat, daß Juro als Pferd verkauft werden soll.

Nachdem der Meister sich des Pferdes, das Krabat war, bemächtigte und es *„kreuz und quer durch die Heide“* hetzte, *„über Stock und Stein, über Hecken und Wassergräben, durch Dornengestrüpp und Morast“* (ebd., S. 137) und ihm dabei die Sporen zu spüren gab, als ob sich glühende Nägel ins Fleisch bohrten, sprach er anschließend zu den in einen Menschen zurück verwandelten Krabat: *„Wenn ich dir einen Auftrag gebe, hast du ihn auszuführen - so, wie es dir befohlen ist und nicht anders. Ein nächstes Mal kommst du mir nicht so glimpflich weg, merk dir das!"* Und der *„Meister ließ keinen Zweifel, daß es ihm tödlich ernst war mit seinen Worten."* (ebd., S. 138)

Da nun der Meister seine ganze Zauberkraft dem ordnungsgemäßen Ablauf in der Mühle im Koselbruch zur Verfügung stellt, muß er eine Abneigung haben, den Bauern von Schwarzkollm zu helfen. Ihn interessieren ihre alltäglichen Probleme nicht, zumal sich ihr Anliegen gegen den Ablauf der Naturvorgänge richtet, die durchaus Jahre mit Mißernten einschließen. Er will den willkürlichen Wünschen der Menschen nicht gerecht werden, sie gehen ihn einfach nichts an.

Und liest man Preußlers Roman aufmerksam, so stellt man fest, daß der Meister auch in seiner Mühle nie willkürlich handelt, sondern stets nach den Gesetzen der „Geheimen Bruderschaft". Freilich mit einer Ausnahme: nachdem er im Kampf mit Pumphut unterlegen war. Von diesem Tag an mußten die Gesellen nachts arbeiten, so daß ihnen die Arbeit so schwer fiel wie in den ersten Tagen als Lehrjungen in der Mühle. Doch wurde der Meister durch den Gevatter sofort zur Ordnung gerufen, als bei der Tätigkeit in der Neumondnacht der damalige Lehrjunge Witko vor Schwäche zusammenbrach. Nach diesem Vorkommnis lief wieder alles in gewohnten Bahnen. Sie durften *„wieder bei Tageslicht ihrer Arbeit nachgehen, was ihnen wenig Mühe verursachte und am Feierabend war Schluß."* (ebd., S. 159)

Die Nichterfüllung der Wünsche der Bauern durch den Meister ist also folgerichtig. Daß es im Anschluß an ihren Besuch in der Mühle doch geschneit hatte, war wohl Juro zu verdanken. Der Meister jedenfalls hatte nichts damit zu tun, und das sagte er auch deutlich, als ihm die Bauern die versprochenen Geschenke brachten, weil sie dachten, der Müllermeister habe sich besonnen und ihnen geholfen. Doch dieser sagte: *„Wer euch geholfen hat, weiß ich nicht - ich bin es jedenfalls nicht gewesen, damit es da keinen Zweifel gibt."* (ebd., S. 195)

Wir stellten bereits fest, daß ein Mühlknappe die „Geheime Bruderschaft" nur verlassen kann, wenn er in eine Sphäre eintritt, die den Gesetzen des direkten Lebensausdruckes, wie sie für die Mühlengemeinschaft im Koselbruch gilt, überlegen ist. Dieser qualitative Sprung ist nur mit Hilfe der Liebe eines Mädchens zu einem Gesellen möglich.

Gelänge es dann tatsächlich einem Gesellen, den Bund zu verlassen, so wäre die Gesamtheit der „Geheimen Bruderschaft“ dem Untergang geweiht. Einerseits würde der Meister sein Leben lassen, weil er ein unlösliches Element der Mühle im Koselbruch ist, andererseits verlören die Gesellen all ihre zauberischen Fähigkeiten, die sie bis dahin in der Zauberschule gelehrt bekamen, dann sind sie *„mit einem Schlag weiter nichts als gewöhnliche Müllerburschen - und aus ist's mit aller Zauberei“* (ebd., S. 220)

Juro, der diese Informationen Krabat übermittelt, betont noch einmal in den Gesprächen mit ihm den rituellen Charakter des Geschehens in der Mühle bei Schwarzkollm. Er berichtet, daß der Meister dem Gevatter jedes Jahr ein Opfer bringen muß, um sein eigenes Leben zu erhalten. Und das Leben des Meisters sichert die Existenz der „Geheimen Bruderschaft“.

Der Meister bringt seinen Zauberschülern auch deswegen nur so viel von der Schwarzen Kunst bei, wie es die Gemeinschaft der Mühle nicht gefährdet. Lediglich Juro weiß mehr, weil er heimlich im Koraktor liest, dem Buch, in dem aller Zauber erklärt wird, den sich der Meister zu nutze machen kann.

Juro berichtete Krabat: *„Ich bin dumm, wie du weißt - oder sagen wir: wie der Meister und alle glauben. Deshalb nimmt man mich nicht für voll, deshalb bin ich gerade gut genug für die Hausarbeit. Ich muß putzen und schrubben und Staub wischen - auch in der Schwarzen Kammer zuweilen, wo der Koraktor liegt, angekettet am Tisch und für niemand zugänglich, der darin lesen könnte. Das wäre nicht gut für den Meister, weil manches darin verzeichnet steht, was ihm schaden könnte, wenn einer von uns es erführe.“* (ebd., S. 213) Zum Beispiel war darin eben auch verzeichnet, wie Krabat dem Meister das Handwerk legen könnte: *„Wenn du ein Mädchen kennst, das dich lieb hat - das könnte dich retten. Falls sie den Meister bittet, dich freizugeben und falls sie die vorgeschriebene Probe besteht.“* (ebd.) Bei dieser Probe muß das Mädchen *„zeigen, daß sie dich kennt ... Sie muß dich herausfinden unter den Mitgesellen und sagen: Das ist er“* (ebd., S. 218)

Was so einfach klingt, erscheint zunächst äußerlich nicht leicht, denn bisher hatte der Meister dem Mädchen, das seinen Geliebten freibitten wollte, immer zwölf Raben präsentiert, die alle den Schnabel unter den linken Flügel steckten. Unter diesen mußte sie den Gesellen herausfinden, den sie liebte. Bestand ein Mädchen die Aufgabe nicht, mußten beide, der Junge und sie, sterben.

Warum wird die Probe vom Meister gefordert? In erster Linie will er feststellen, ob das vorherrschende Lebensgesetz tatsächlich durch ein höherwertiges ersetzt wird.

Doch inwiefern ist die Liebe eines Mädchens von größerem Lebenswert als das Dasein, wie es in der Mühle verkörpert wird?

Zum Beispiel ist bei der „Geheimen Bruderschaft" eine äußerlich sichtbare Initiation vonnöten, um den Bund, der den Zusammenhang von Entstehen und Vergehen zum Ausdruck bringt, zu gründen, und zudem benötigt die Gemeinschaft die Macht des Meisters, damit ihre Regeln auch wirklich beachtet werden. Demgegenüber sind bei den ersten wirklichen Erlebnissen der Liebe die Gesetze, die die Mühlengemeinschaft im Koselbruch durch ihre Lebensweise offenbart, einfach integriert. Sie werden nicht in einer distanzierten reflektierten Art betrachtet, sondern das Wechselspiel von Leben und Tod wird in einer unmittelbaren, natürlichen Selbstverständlichkeit durchlebt.

Damit schließt die bei Krabat entstehende liebende Zuneigung zur Kantorka das vorhergehende Leben, das er in der Mühle erlebte, als Moment in sich mit ein.

Krabat erlebt die Liebe zur Kantorka in einer nahezu naiven Faszination, ganz im Gegensatz zu seinem abgrenzenden Verhalten zum Dasein in der Mühle. Die Liebe nimmt er ungefragt wahr, kein Zweifel trübt seinen Blick auf sie; sie scheint ihn vollständig zu erfüllen.

Natürlich wird sich später während des Zusammenlebens mit seiner Geliebten eine andere, geistigere Sicht auf die Beziehung entwickeln, die einen Abstand zwischen den Liebenden schafft, was eine Änderung der Gefühle füreinander zur Folge hat, insbesondere wenn Kinder die liebende Gemeinschaft bereichern - das spielt jedoch beim Übergang von einer Sphäre in die andere keine Rolle. Im Gegenteil, die neue Welt muß in unreflektierter, naiver Weise betreten bzw. erobert werden, weil sie sich sonst nicht mit letzter Konsequenz gegen die nicht mehr zu akzeptierende alte Welt durchsetzen kann.

Es war wohl der Philosoph Hegel, der zuerst auf dieses Phänomen aufmerksam machte. Auch in seiner Stufenfolge der Bewußtseinsentwicklung, die er in der „Phänomenologie des Geistes" darstellt und in der „Wissenschaft der Logik" anwendet, präsentieren sich die neuen Stufen immer zunächst unmittelbar; von der Blickrichtung der vorhergehenden Stufe aus gesehen erscheinen sie sogar oft als einfältig. Und trotzdem setzen sich diese neue Formen durch, weil das Überkommene in Widersprüche geraten ist, die unter den alten Voraussetzungen nicht mehr zu lösen sind und so zu Veränderungen führen, die letztlich die Antinomien aufheben.

In ähnlicher Weise ist das bei gesellschaftlichen Veränderungen nachweisbar. Kommt es hierbei zu einem Wechsel der Verhältnisse, so hat das seinen Grund darin, daß die frühere Gesellschaft die sie bedrängenden Probleme nicht mehr lösen kann und daraufhin notwendigerweise eine Revolution stattfindet. Diese wird ausgelöst und ist zunächst getragen von Idealen, die so behandelt werden, als seien sie tatsächlich unmittelbar in das Leben integrierbar. Das findet später in dem weiter fortschreitenden Prozeß der gesellschaftlichen Entwicklung seine Korrektur, und doch mußten die Ideale in genau dieser gutgläubigen Weise angewendet werden, damit sich der Wechsel vollziehen konnte.

Wir können also feststellen, um auf die Ausgangsfrage zurückzukommen, daß es keineswegs eine Boshaftigkeit des Meisters ist, wenn er dem Mädchen die Probe auferlegt. Er möchte vielmehr die Wahrhaftigkeit der Liebe prüfen, ehe er sich als Träger einer anderen Lebensform geschlagen gibt. Und für wirklich Liebende ist die Aufgabe, egal in welcher Art sie gestellt wird, keine unüberwindliche Schwierigkeit. Sie erkennen sich, auch wenn das äußere Erscheinungsbild einer Veränderung unterliegt, wenn beispielsweise der Geliebte plötzlich in Tiergestalt erscheint, oder wenn der Blick auf ihn verwehrt ist, wie es der Kantorka erging, indem der Meister ihre Augen mit einem schwarzen Tuch zuband.

Daß die Liebe den ganzen Menschen erfaßt und Liebende sich in vielfältigen Erscheinungsbildern mitteilen und erkennen, ist ein Umstand, der in unzähligen Märchen dargestellt wird. Auch Otfried Preußler zeigt das.

Zum Beispiel lernt Krabat die Kantorka durch ihren Gesang kennen, von dem er schon in der ersten Osternacht, die er als Lehrjunge in der Mühle bei Schwarzkollm verbringt, betört ist. Es ist also keineswegs ihr Aussehen, das ihn in ihren Bann zieht. Er sieht sie vielmehr erst im zweiten Jahr, und da ist er schon längst in Liebe zu ihr entbrannt, wenn er sich dies zu jener Zeit auch noch nicht eingesteht.

Jedoch selbst diese erste Begegnung vollzieht sich nicht im gewöhnlichen Sinne, denn Krabat sieht sie nur dank seiner Fähigkeit der

Seelenausfahrt aus seinem Körper. Er blickt ihr als körperlose Seele erstmals ins Angesicht, indem er mit dem Kerzenlicht verschmilzt, das die Kantorka während des Ostergesanges der Mädchen des Dorfes vor sich her trägt. Dabei ist diese freie Seele weder vom Geist noch vom Leib vollständig getrennt, denn Krabat erlebt einerseits dieses Geschehnis der Seelenausfahrt als Ichbezogenes Wesen, wenn auch mit der Gefahr des Identitätsverlustes, indem die Seele sich in einer Erscheinung verliert, wie beispielsweise die Krabats in den Augen der Kantorka; andererseits beweist der plötzliche grelle Schmerz, den Krabat bei seiner Seelenfahrt verspürt, nachdem Juro ein Stück glühendes Holz auf seine Hände fallen ließ, daß der Körper immer noch Kontakt mit der Seele hat.

Juro mußte dies tun, damit Krabats Seele wieder rechtzeitig in den Körper einfuhr. Schließlich hatte der Meister die Gesellen vor den Gefahren der Seelenausfahrt während des Unterrichts in der Zauberschule, als er ihnen diese Fähigkeit beibrachte, gewarnt. So wußten die Mühlknappen: *„Aus sich hinausgehen konnte man erst nach Einbruch der Dunkelheit - und zurückkehren nur vor Anbruch des neuen Tages. Wer sich versäumte und länger ausblieb, für den gab es kein Zurück mehr. Sein Körper blieb ihm verschlossen und wurde für tot begraben, während er selbst dann umherirren mußte, ruhelos zwischen Tod und Leben, unfähig sich zu zeigen, zu sprechen oder sich sonst wie bemerkbar zu machen - und darin lag die besondere Qual dieses Zustandes: Noch der windigste Poltergeist konnte ja wenigstens klopfen, mit Töpfen klappern und Holzscheiter gegen die Wand schmeißen.“* (ebd., S. 120)

Eine Begegnung zwischen der Kantorka und Krabat im sogenannten Realraum findet erst im dritten Jahr statt. Doch auch sie wird nur möglich, weil er auf einer anderen Wirklichkeitsebene mit ihr Kontakt aufnimmt und sich so mit ihr verabreden kann. Er hat in der Zauberschule gelernt, in Gedanken zu einem anderen Menschen zu sprechen, so daß dieser die Worte hören kann, als kämen sie aus ihm selbst.

So sprach er zur Kantorka: *„Es bittet dich jemand, Kantorka, daß du ihn anhörst ... Du kennst ihn nicht, er aber kennt dich seit langem. Wenn du an diesem Morgen das Osterwasser geschöpft hast, dann richte es auf dem Heimweg ein, daß du hinter den anderen Mädchen zurückbleibst. Allein mußt du gehen mit deinem Wasserkrug, weil der Jemand dich treffen will - und er mag nicht, daß es vor aller Augen ge-*

schieht, weil es nur dich angeht und ihn und sonst niemanden auf der Welt.“ (ebd., S. 199f.)

Es ist ein Irrtum von Krabat, anzunehmen, daß er der Kantorka nicht bekannt wäre. Sie jedoch berichtete ihm bei diesem ersten Treffen: *„Ich kenne dich ... denn ich habe von dir geträumt. Von dir und von einem Menschen, der Böses mit dir im Sinn hatte - aber wir haben uns nicht geschert um ihn, du und ich. Seither habe ich darauf gewartet, daß ich dich treffen würde: Und jetzt bist du also da.“* (ebd., S. 201)

Ihre Liebe hat sich demnach schon im Traum bewährt, womit noch einmal deutlich wird, daß sie alle menschlich erreichbaren Wirklichkeitsebenen einschließt und eigentlich keine bevorzugt. (Das heißt eben auch, eine Liebe, die sich nur an einem sexuellen Austausch orientiert, wie wir das heute oft genug erleben, ist keine vollständige Liebe. Wie sie freilich umgekehrt gleichfalls dazu strebt, sich körperlich zu äußern. Das heißt, nur eine Liebe, die alle menschlichen Möglichkeiten, die körperlichen, seelischen und geistigen, zu einer Einheit in sich schließt, erfüllt wirklich.)

Doch wie offenbart sich nun die Liebe zwischen der Kantorka und Krabat?

Erst einmal zeigt sie sich als etwas Selbstverständliches. Wie schon gesagt, wurde sie in der Nacht vor Ostersonntag des ersten Jahres, das Krabat in der Koselbruchmühle verbrachte, geboren, als die Mädchen ihre Osterlieder sangen. Dieser Gesang war eine alte Tradition. *„In der Osternacht pflegten die Mädchen singend die Dorfstraße auf und ab zu ziehen, von Mitternacht bis zum Morgengrauen. Sie gingen zu dreien und vieren nebeneinander in dichten Reihen und eine von ihnen ... war die Kantorka: Sie, mit der schönsten und reinsten Stimme von allen, ging in der ersten Reihe und durfte vorsingen - sie allein.“* (ebd., S. 49) Zudem holten die Mädchen das Osterwasser. *„Das Osterwasser ... mußte man schweigend am Ostermorgen vor Sonnenaufgang aus einer Quelle schöpfen und schweigend nach Hause tragen. Wenn man sich darin wusch, erwarb man sich Schönheit und Glück für ein ganzes Jahr ... Und außerdem konnte man, wenn man das Osterwasser ins Dorf trug ohne sich dabei umzuschauen, dem künftigen Liebsten begegnen ... “* (ebd., S. 51f.)

Die Kantorka sieht ihren erst im dritten Jahr von Angesicht zu Angesicht. Zu diesem Zeitpunkt des Geschehens kann man nicht mehr von einem Entstehen der Liebe sprechen, sie war vielmehr als sogenanntes inneres Erlebnis schon längst vorhanden; zumindest auf Seiten der Kantorka. Ihre Liebe zu Krabat erscheint nicht vordergründig auf eine bestimmte Person bezogen, als vielmehr potentiell. Preußler ist beispielsweise sehr sparsam mit der Beschreibung individueller Eigenschaften der Kantorka. Das liegt zum einen daran, daß der Roman aus der Sichtweise Krabats geschrieben ist und er seiner Liebe wirklich selten begegnet; zum anderen ist die eigentlich namenlose Kantorka vielmehr als symbolischer Ausdruck der Liebe anzusehen, die wesentliche Züge dieses Phänomens, wie es sich speziell im weiblichen Wesen äußert, trägt.

Das wird besonders schön bei der Begegnung Krabats mit der Kantorka aufgezeigt, die dem Besuch der Kirmes vorangeht. Der Meister schickt Krabat zu diesem Fest nach Schwarzkollm, weil er auf diese Weise feststellen will, welches der Mädchen Krabats Geliebte ist, um sie, bevor sie seinen Gesellen fordert, zu vernichten. (Das gelang ihm schon bei Worschula, der Geliebten Tondas, die ein Vierteljahr, bevor sie ihn erlösen wollte, starb.)

Wiederum ruft Krabat die Kantorka in Gedanken zu sich.

Die Zeit bis sie kam, legte er sich ins Gras und schlief ein. *„Als er aufwachte, saß die Kantorka neben ihm auf dem Rasen. Er konnte sich nicht erklären, weshalb sie auf einmal hier war. Da saß sie, geduldig wartend, in ihrem gefältelten Sonntagsrock, ein buntes, mit Blumen bedrucktes Seidentuch um die Schulter, das Haar unter einem spitzenbesetzten Häubchen aus weißem Leinen. 'Kantorka', fragte er, 'bist du schon lange da? Warum hast du mich nicht geweckt?' 'Weil ich Zeit habe', sagte sie. 'Und ich dachte mir, daß es besser ist, wenn du von selbst aufwachst.'"* (ebd., S. 236f.)

An dieser Szene sehen wir, daß sich die Kantorka der Liebe Krabats gewiß ist. Da ist kein Kampf um sie vonnöten. Und die wirkliche Liebe kann auch nicht kämpfend errungen werden, das würde sie vielmehr zerstören. Die Liebe wird erreicht, und ist man von ihr erfaßt, dann sind manchmal erhebliche Willensanstrengungen vonnöten, damit sie sich im Dasein erfüllt. Doch die dabei vollzogenen Auseinandersetzungen beginnen erst, wenn die gegenseitige liebende Zuneigung dem Partner bereits bekannt ist. (Siehe hierzu das Liebesdrama „Romeo und Julia" von Shakespeare. Erst nachdem beide auf dem Maskenball die Liebe füreinander entdeckten, begannen sie in fieberhafter Anstrengung, die Liebe in ihrer beider Existenzen einzulösen.)

Der Kantorka ist eine unerschütterliche Zuversicht eigen, daß sie die Liebe zu Krabat auch einmal ausleben wird. Deswegen mißt sie der Zeit, die bis dahin verstreicht, keine Bedeutung zu, sie ist für sie keine unerträgliche Qual. Die Gewißheit läßt den Zeitraum bis zu dem Augenblick, wo ihr Krabat wirklich gehört, zu einer bedeutungslosen Spanne werden. Hier eröffnet sich ein Grund, warum uns die Liebe zwischen Krabat und der Kantorka als Selbstverständlichkeit erscheint. Sie entwickelt sich unaufhaltsam, und keine Barriere kann sie aufhalten bzw. wird verhindern, daß sie das Dasein der Liebenden erfüllt.

Nur in dieser für sich selbst redenden Liebe ist auch das Verhalten der Kantorka zu verstehen, das keine Angst gegenüber den Attacken, die der Meister gegen die Liebenden versucht, erkennen läßt. Wenn sich beide, Krabat und die Kantorka, begegnen, haben sie sich vielmehr *„nicht geschert um ihn ... “* (ebd., S. 201). Bei diesen Zusammenkünften wirken die Lebensgesetze der Mühle nicht mehr, diese sind dem Phänomen der Liebe unterlegen. Darum hat der Meister auch keine Macht gegen Liebende, soweit die Liebe in weitgehend reiner Form auftritt. Deshalb darf der Geselle dem Meister auch nicht den Namen der Geliebten verraten, denn eine Liebe, die an einem Namen hängt, erfährt schon eine entscheidende Abschwächung, weil sie dadurch ein individuelles Gepräge erhält und dieses zu einem Angriffsziel wird für die Bestrebungen des Meisters, die Liebe zu vernichten.

Die wirkliche Liebe erlöst den Mühlknappen aus dem Bann der Mühlengemeinschaft im Koselbruch. Das geschieht bei Krabat schon bei der ersten Begegnung mit der Kantorka am Morgen des Ostersonntags im dritten Jahr, als er mit dem Mal der „Geheimen Bruderschaft“ gezeichnet ist.

Sie tauchte *„einen Zipfel des Umtuches in den Krug mit dem Osterwasser - und ohne ein Wort zu sagen, wischte sie Krabat den Drudenfuß von der Stirn: ganz sachte und ohne Eile, wie selbstverständlich.“* (ebd.)

Damit ist die Entscheidung gefallen. Krabat erlangt im dritten Jahr seiner Anwesenheit in der Mühle bei Schwarzkollm nicht mehr die Weihe der „Geheimen Bruderschaft“, sondern er wird in ein neues, ihn erfüllenderes Lebensgesetz initiiert, das jetzt jene Erhabenheit besitzt wie vordem die Abläufe in der Mühle.

Auch die Liebe verkörpert den entindividualisierten Prozeß von Entstehen und Vergehen, jedoch in Bezug auf die Liebenden in viel größerer Intensität, weil bei einer wirklichen Liebe der eine Partner bereit ist, sich für den anderen zu opfern. Deswegen schreckt die Kantorka auch nicht vor den Prüfungen zurück, die die Liebe äußerlich bestätigen sollen. Mit der gleichen „Normalität", wie der Held im Märchen die ihm gestellten Aufgaben erfüllt, um sein Ziel, die Königstochter, zu erlangen, rettet die Kantorka Krabats Leben, auch wenn dadurch die eigene Existenz auf dem Spiel steht. Sie sagte zu ihm: *„Dein Leben ... ist mir das meine wert."* (ebd., S. 237)

Wir sehen, das, was wir bisher in naturwissenschaftlicher Anlehnung Lebensgesetze genannt haben, ist in eine völlig neue Qualität geglitten. In der Mühle hoffte noch jeder Geselle am Ende des Jahres mit dem Leben davon zu kommen, und wendete, wie im Fall Juros, sogar Tricks an, um die eigene Existenz zu sichern. Bei der Liebe zwischen Krabat und der Kantorka spielt gerade dies keine Rolle mehr. Beider Leben ist nur noch darauf konzentriert, die Liebe, die sie füreinander empfinden, im Dasein der Erfüllung zuzuführen. Und gelingt das nicht, so hat das individuelle Leben keinen Sinn und damit keine Bedeutung mehr, was auch heißt, würde der Liebende im Scheitern der Liebe sterben, trüge dieser Tod keine Züge eines persönlichen Verlustes.

Wir sprachen davon, daß schon an dem besagten Ostermorgen Krabat vom Bann der Mühle befreit wird. Alle nun kommenden ungewöhnlich dramatischen Erlebnisse des Jahres bis zur Silvesternacht, wo die Kantorka Krabat aus der Mühle holt, sind Folgen des gescheiterten Zusammenschlusses der „Geheimen Bruderschaft". Denn in den Morgenstunden des, unter christlicher Sicht, Auferstehungstages entscheidet sich das Schicksal des Jahres, und indem die Kantorka das Mal von Krabats Stirn wischt, besiegelt sie den weiteren Verlauf der Ereignisse. Selbst wenn im Nachhinein der Meister den Umstand revidieren will und Krabat einen Drudenfuß mit einer glühenden Holzkohle auf die Stirn einbrennt, vermag diese Gewalttat die folgenden Begebenheiten, die mit dem Untergang der Mühle enden, nicht mehr zu verhindern.

Es ist keineswegs ein Zufall, daß einerseits zu Ostern der Gemeinschaftsbund der Mühle in Schwarzkollm geschlossen wird, er aber andererseits in dieser Zeit auch aufgehoben werden kann. Ostern war immer ein Fest der Geburt des neuen Lebens, sei es nun naturalistisch betrachtet, am beginnenden Blühen der Natur bzw. dem anfangenden zeitlichen Übergewicht des Tages gegenüber der Nacht (bekanntlich wird Ostern immer am Sonntag nach dem ersten Frühlingsvollmond gefeiert), oder sei es aus christlicher Sicht, wo am Tag der Auferstehung der Gekreuzigte in ein neues paradiesisches Leben eintritt. Das sich in dieser Zeit entwickelnde Leben endet mit dem Jahresabschluß, womit eine Ruhephase eintritt, bis zum nächsten Frühjahr, wo wieder neues Leben hervorsprießt.

Die christliche Religion kennt eine solche Periode der Stille nur von Karfreitag, der Kreuzigung Jesu, bis zum Ostersonntag, seiner Auferstehung, weil ein entscheidender Wesenszug dieser Religion eben der unermüdliche Kampf ist, damit sie sich wirklich in der Existenz des Menschen verankert. Wiewohl auch im christlichen Volk unterschwellig lange noch Rituale zelebriert wurden, die die relative Leblosigkeit des Daseins zwischen Jahresanfang und Ostern ausdrückten - man denke nur an das Fasten. Auch wird die christliche Religion der uralten Bedeutung zweier entscheidender kosmischer Daten in Europa und später in Nordamerika, der Wintersonnenwende und der Tagundnachtgleiche, ebenfalls gerecht. Sie legte ans Ende des Jahres die erste Geburt Jesu in eine unvollkommene, von der Erbsünde befleckte Welt und erlöst ihn zu Ostern mit der zweiten Geburt in das vollkommene göttliche Leben.

Kurzum, wir sehen, daß es in Preußlers Roman kein Zufall ist, daß gerade zu Ostern die Entscheidung getroffen wird für den Werdegang des laufenden Jahres.

Daß im dritten Jahr von Krabats Anwesenheit in der Mühle im Koselbruch diese dem Untergang geweiht ist, kommt weiterhin in mehreren Besonderheiten zu Tage, die sich in jenem Zeitabschnitt abspielen.

In der letzten Neumondnacht, bevor die Kantorka Krabat freibitten soll, erfährt die geheiligte Tätigkeit zum Beispiel mehrere Änderungen. Der Gevatter beleuchtet nicht wie bisher das Geschehen mit seiner Hahnenfeder am Hut, sondern geht mit dem Meister in die Stube. Deswegen muß die Arbeit mit Fackeln beleuchtet werden, was einer Entweihung der eigentlich im mystischen Dunkel liegenden Handlung gleichkommt. Außerdem wird wiederum das Schweigegebot gebrochen, als der Gevatter fragt, wer von den Gesellen Krabat ist. Und schließlich wird einige Tage nach dieser Neumondnacht Krabat gefragt, ob er die Position des Meisters einnehmen will, was er jedoch ablehnt:

„Mach du zu deinem Nachfolger, wen du magst. Ich, Krabat, weigere mich, auf dein [des Meisters] *Angebot einzugehen."* (ebd., S. 252)

Eine weitere Besonderheit ist, daß in diesem Jahr tatsächlich einige Mühlknappen den Meister und die Regeln in der Mühle nicht mehr so ohne weiteres akzeptieren, wenn dies auch nicht zu einer direkten Auseinandersetzung führt. Gemeint sind die Bestrebungen Juros und Krabats, einen stärkeren Willen zu entwickeln, als ihn der Meister besitzt, um so die Probe am Jahresende für die Kantorka zu erleichtern.

Juro und Krabat waren überzeugt, die Probe des Meisters bestehe darin, daß die Kantorka Krabat unter zwölf Raben herausfinden soll, die ihre Schnäbel unter den linken Flügel stecken. Deshalb wollte Krabat lernen, sich diesem letzten Befehl zu widersetzen, indem er eine solche Willenskraft dagegen aufbringt, daß er als einziger Rabe seinen Schnabel unter den rechten Flügel steckt. So oft sich die Gelegenheit bot, übte Juro das mit Krabat. Er gab Krabat einen Befehl, den er nicht erfüllen sollte, auch wenn Juro seine ganze zauberische Fähigkeit aufwendete, um Krabat zu zwingen, seine Forderung zu erfüllen. Mit der Zeit gelang es Krabat ab und an, sich dem Willen Juros zu widersetzen. Als zudem Krabat den „Ring von Haar" an den kleinen Finger der linken Hand steckte, gelang es ihm sogar rasch und mühelos, die Befehle Juros zu ignorieren. Dieser aus Kantorkas Haar gedrehte Ring, den Krabat bei der Begegnung vor der Kirmes in Schwarzkollm von der Kantorka geschenkt bekam, sollte als Erkennungszeichen dienen, wenn Krabat einen Freund zu ihr schickt, um ihr die Botschaft zu bringen, daß sie in die Mühle kommen muß, will sie das Leben Krabats retten.

Daß es mit diesem Ring von der Kantorka leicht ist, sich den Anordnungen des Meisters zu widersetzen, zeigt noch einmal die Überlegenheit der Liebe gegenüber den Lebensgesetzen der Mühle. Hätte Krabat diese Erkenntnis besessen, so wäre er wohl zu der Einsicht gekommen, daß seine Bemühungen mit Juro nicht nur vergeblich sind, sondern auch unnötig. Jedoch erlebt er das Phänomen der Liebe unmittelbar und besitzt nicht die Distanz, es genau zu reflektieren. (Als die Kantorka den Ring aus ihrem Haar drehte, erfuhr Krabat sogar anschaulich, daß die Liebe allein sein Leben retten wird. Denn als sie ihn um ein Messer bat, damit sie eine Locke aus ihrem Haar schneiden konnte, reichte er ihr Tondas Messer, dessen Klinge ganz schwarz war. Nachdem es jedoch die Kantorka in den Händen hielt, wurde es ganz blank. Doch auch dieses Ereignis führte bei Krabat nicht zu der erleuchtenden Einsicht, daß er schon längst durch die liebende Zuneigung der Kantorka gerettet ist - was freilich auch seine alles überwältigende Kraft, die Emotionalität der Liebe, geschwächt hätte.)

Der Meister seinerseits mußte wohl geahnt haben, daß Juro und Krabat Pläne gegen ihn schmiedeten, denn er stellte beide auf die Probe. Er zeigte den Mühlknappen mit einem Traum, wie er seinen Freund Jirko im großen Türkenkrieg umbringen mußte. In diesem Traum spielte Krabat die Rolle des Meisters und Juro übernahm den Part von Jirko, während der Meister selbst in die Gestalt des Marschalls von Sachsen schlüpfte. Nachdem dieser in türkische Gefangenschaft geraten war, befreite ihn Krabat mit Hilfe eines Pferdes, daß dank seiner Zauberkraft fliegen konnte. Auf dem Weg ins eigene Feldlager wurden beide von Juro in Gestalt eines Adlers verfolgt. Alle Zaubermittel Krabats reichten nicht aus, um ihn abzuschütteln. Ihm blieb nur, ihn zu erschießen. Eine Zaubergestalt konnte aber nur mit einer Goldkugel vernichtet werden. Der Marschall gab ihm deshalb einen Knopf von seinem Waffenrock. Doch Krabat dachte nicht daran, Juro zu töten, sondern ließ den Goldknopf aus der Hand gleiten und schoß nur das Pulver ab, das sich in der Büchse befand. Juro stieß trotzdem einen Todesschrei aus und bespritzte sich die Stirn mit rotem Wein, so daß die Gesellen anfänglich tatsächlich glaubten, Krabat hätte ihn getötet. Doch bald zeigte sich, daß er noch am Leben war. Damit wußte der Meister, daß Krabat und Juro gegen ihn gemeinsam auftraten. Nun erkannte er wohl den Grad der Gefahr, der der „Geheimen Bruderschaft“ drohte, und das war wohl auch der Grund, warum er sich in der letzten Neumondnacht mit dem Gevatter beraten mußte und als Ergebnis dieses Gespräches Krabat das Angebot machte, sein Nachfolger zu werden.

Eine solche Offerte macht freilich deutlich, daß das alte Lebensgesetz nicht über sich hinaus wachsen kann, sondern in den eigenen Grenzen verbleibt. Weder der Gevatter noch der Meister erkennen die wirkliche Veranlassung, warum für Krabat ein Verbleib im Bund unmöglich ist. Nicht allein die eigene Sicherheit ist Krabat wichtig und würde bei deren Gewährleistung zu einer Akzeptanz der Regeln in der Mühle führen, sondern allgemein der jährliche Verlust eines Mühlknappen ist für ihn unerträglich und unannehmbar. Das wird ihm mit dem Schmerz, den er über den Tod Tondas und Michals empfand, deutlich. Er revoltiert also gegen das System insgesamt.

Krabats Wunsch, vom Bann der Mühle erlöst zu werden, damit der Tod von Tonda und Michal nicht umsonst gewesen war, weist demnach weit über persönliche Motivationen hinaus, womit deutlich wird, daß er für die Liebe tatsächlich empfänglich ist. Denn sie benötigt zwar die Individualität als Grundlage, damit sich das Phänomen im Leben verwirklichen kann, aber diese wird im Erlebnis aufgehoben. Voraussetzung dafür ist, daß die Liebenden dazu bereit sind, ansonsten erreichen sie nicht die Sphäre der Liebe.

Aber nicht allein der Gevatter und der Meister verbleiben in der Dimension, die die Zaubermühle ausdrückt; solange Krabat nicht mit der Kantorka zusammen ist, sind seine Gedanken, Handlungen und Träume ebenso darin gefangen. Das wird noch einmal in seinem letzten Traum deutlich, kurz vor der entscheidenden Silvesternacht. In ihm kämpft Krabat in der Art gegen den Meister, wie es Pumphut getan hat und besiegt ihn, weil er schneller zaubern kann. Als Krabat sich bei der Flucht vor dem Meister in ein Gerstenkorn verwandelt und dieser ihn in Gestalt eines Gockels weiter verfolgt, nutzt Krabat die Gelegenheit, verzaubert sich blitzschnell in einen Fuchs und beißt dem Gockel den Hals durch. Zwar geschieht der Zweikampf im Beisein der Kantorka, also auch hier wirkt die Magie der Liebe, zumindest in passiver Weise, jedoch Krabat bekämpft den Meister mit seiner ihm zur Verfügung stehenden Zauberkraft. Eine solche Auseinandersetzung ist, wie schon erwähnt, in sich widersprüchlich, weil Krabat mit Mitteln kämpft, die nur wirken, wenn er die Gesetze der Mühle und damit auch die Stellung des Meisters billigt.

Demgemäß kann Krabat sich nicht selbst vom Bann der Mühle befreien. Dieses Ziel ist nur zu erreichen, indem ihm von einer überlegeneren Macht als jener, die Krabat in der Mühle erfährt, geholfen wird. Sie tritt in der Gestalt der Kantorka auf, die mit ihrer Liebe zu Krabat den Tod überwindet, weil sie ihn nicht fürchtet, im Gegenteil, ihn sogar in Kauf nimmt, in der Hoffnung, ihren Liebsten zu retten.

Würden wir alle Ergebnisse unserer Auslegung des Romans von Otfried Preußler beachten, so wäre folgendes Ende denkbar: Der Meister hätte dem Mädchen als Probe zwölf Raben präsentiert, die alle ihre Schnäbel unter den linken Flügel stecken. Krabat wäre trotz seiner unermüdlichen Übungen mit Juro nicht in der Lage gewesen, sich dem Befehl des Meisters zu widersetzen. Doch trotzdem hätte die Kantorka mühelos unter den zwölf Raben ihren Krabat herausgefunden.

Einen solchen Ausgang begründet Juro übrigens Krabat gegenüber schon in jener Situation, als beide feststellen, daß sich Krabat mit dem „Ring von Haar“ am Finger, den er von der Kantorka geschenkt bekam, ohne Schwierigkeiten den Befehlen Juros widersetzen kann.

Auf die Frage Krabats, wie das möglich sei, antwortet Juro: *„Es gibt eine Art von Zauberei, die man mühsam lernen muß: Das ist die, wie sie im Koraktor steht, Zeichen für Zeichen und Formel um Formel. Und dann gibt es eine, die wächst einem aus der Tiefe des Herzens zu: aus der Sorge um jemanden, den man lieb hat. Ich weiß, daß das schwer zu begreifen ist - aber du solltest darauf vertrauen, Krabat.“* (ebd., S. 242)

Otfried Preußler beschließt sein Buch in einer anderen Form, jedoch mit derselben Grundaussage.

Der Meister verwandelte bei der Probe der Kantorka die Gesellen nicht in Raben, sondern ließ sie in menschlicher Gestalt. Er befahl ihnen, sich in der Schwarzen Kammer in einer Reihe aufzustellen. Aus seiner Manteltasche zog er ein schwarzes Tuch, *„das band er der Kantorka vor die Augen, dann führte er sie herein. ‘Wenn du mir deinen Burschen zeigen kannst, darfst du ihn mitnehmen.’ ... Die Kantorka schritt die Reihe der Burschen ab, einmal und zweimal. Krabat vermochte sich kaum auf den Beinen zu halten. Sein Leben, das spürte er, war verwirkt: Und das Leben der Kantorka! Angst übermannte ihn - Angst, wie er nie zuvor sie gespürt hatte. ‘Ich bin schuld, daß sie sterben muß’, ging es ihm durch den Kopf. ‘Ich bin schuld daran ... ’ Da geschah es. Die Kantorka, dreimal war sie die Reihe der Burschen entlanggeschritten, streckte die Hand aus und zeigte auf Krabat. ‘Der ist es’, sagte sie. ‘Bist du sicher?’ ‘Ja.’ Damit war alles entschieden. Sie knüpfte das Tuch von den Augen, dann trat sie auf Krabat zu.“* (ebd., S. 254f.)

Später fragte Krabat die Kantorka: *„ ‘Wie ... hast du mich unter den Mitgesellen herausgefunden?’ ‘Ich habe gespürt, daß du Angst hattest’, sagte sie, ‘Angst um mich: Daran habe ich dich erkannt.’“* (ebd., S. 256)

Das erlösende, weil höhere Prinzip (richtiger hieße es wohl Idee, jedoch allein im Hegelschen Sinne verstanden) dieser Erzählung ist die menschliche Liebe. Sie allein hebt bei Krabat die abwehrende Haltung gegenüber dem Lebensgesetz von Entstehen und Vergehen auf. In der unmittelbaren Form, in der Krabat die Liebe zunächst erlebt, braucht er den vergänglichen Momenten des Phänomens nicht zuzuschauen, wie er es vorher in der Mühle tun mußte, sondern sie verschwinden im direkten Erlebnis; außerdem bleiben sie auf die liebenden Partner beschränkt.

In der Liebe zur Kantorka verschwindet in einem hohen Grade die Individualität Krabats, indem er sich weitgehend auf seine Geliebte konzentriert und somit auch existentielle Sorgen um sie hat. Diese wiederum signalisieren ihr, daß sie geliebt wird und dienen ihr schließlich als sicheres Erkennungszeichen, was letztlich in Preußlers Roman das Bestehen der Probe garantiert.

Krabat hat zum Schluß die Liebe erreicht, nun empfängt sie ihn.

Die Kantorka legte *„ihm den Arm um die Schulter und hüllte ihn in ihr wollenes Umtuch ein.* (ebd., S. 255)

Er ist mit dem Gewinn der Kantorka in eine neue Lebenssphäre eingetreten, die genauso vollständig ist wie vorher das Leben in der Mühle. Das wird unter anderem auch daran deutlich, daß nun die alte Lebensform, mit dem Meister als deren Hauptvertreter, dem Untergang geweiht ist. Der Meister muß aus dem Dasein treten, weil er nun nicht mehr in der Lage ist, den Bund wirklich zusammenzuhalten, denn der Ausbruch Krabats aus der Gemeinschaft stellt jetzt für die anderen Gesellen ein Vorbild bzw. Ideal dar, auch eine, aus ihrer Sicht, bessere, weil erfüllendere, Lebensweise zu erstreben.

Ein weiteres Zeichen dafür, daß die Liebe in dieser dargestellten erlösenden Form allumfassender ist als die Regeln der „Geheimen Bruderschaft", ist der Umstand, daß nun eine Flucht nicht nur ausgeschlossen ist (wie in der Mühle im Koselbruch), sondern vielmehr gar kein Drang besteht, die Lebenssituation zu verändern. In diesem Fall erfahren die Liebenden das Phänomen freilich mit der gleichen Naivität, mit der Krabat anfänglich als Lehrjunge den Geschehnissen in der Mühle im Koselbruch begegnet.

Er durchschaut keineswegs, daß auch die Liebe nur aus ewiger Wandlung lebt. Erst der Verlust auch dieser Liebe, der notwendig eintretenden Enttäuschung, wird zeigen, ob Krabat dann wieder das Lebensgesetz mit all seinen Willenskräften bekämpft, es als inhumanes System anklagt, oder ob sich sein persönlicher Horizont so weit öffnet, daß er die erlebte Liebe auch mit seinem Geist erreicht und ihr so (zumindest im Nachhinein) auf menschlichste Weise gerecht wird.

Stirbt das Müllerhandwerk?

Wir begannen unsere Untersuchung über das Handwerk des Müllers mit dem Hinweis, daß diese Tätigkeit kaum noch im Alltagsbewußtsein der Menschen vorhanden ist. Es gibt kein allgemeines Wissen mehr darüber, wie es in einer Mühle aussieht und was dort geschieht. Freilich liegt das unter anderem auch daran, daß sich die Mühlen zu Handelsmühlen entwickelt haben, es beispielsweise keine Mahlgäste mehr gibt, die unmittelbaren Kontakt mit der Mühle haben. Die Mühlen sind durch ihre Industrialisierung in die Vielfalt wirtschaftlicher Produktionsverfahren untergetaucht. Nur in Dörfern und kleineren Städten weiß die Bevölkerung im allgemeinen noch, ob sich in der Umgebung eine Mühle befindet.

Erst mit der Herstellung und vor allem der Vertreibung von Produkten des sogenannten biologischen Anbaus, die zunächst vornehmlich in kleinen Mühlen mit angeschlossenem Verkaufsraum vorgenommen wurden, eröffnete sich für den Käufer manchmal das Innenleben einer produzierenden Mühle. Das führte stellenweise zu einem erneuerten Wissen über die Arbeit des Müllers, welches aber nicht eine solche Verbreitung erfuhr, daß Kenntnisse über diesen Produktionsbereich, wie noch vor zweihundert Jahren, in einem Großteil des Volkes vorherrschend sind.

Ein weiterer Grund für das Verschwinden des Müllerhandwerks und der Mühlen aus dem Alltagsbewußtsein der Menschen ist die Schließung einer großen Zahl von kleineren Mühlen in den letzten fünfzig Jahren. Das hängt eng mit der zunehmenden Industrialisierung der Mühlen zusammen. Die damit einhergehende Rationalisierung der Mehlherstellung führte unter anderem auch dazu, daß die Durchsatzleistung einer Mühle beträchtlich erhöht wurde. Sprach man vor zweihundertfünfzig Jahren noch von einer großen Mühle, wenn sie täglich 30 Tonnen Getreide vermahlte, so gilt heute eine Mühle mit einer Tagesleistung von 200 Tonnen Getreide keineswegs mehr als eine Großmühle. Eine solche Betitelung gebraucht man bei einer Vermahlungsleistung von 500 Tonnen Getreide pro Tag. Es gibt aber auch Mühlen, die in 24 Stunden 1500 Tonnen Getreide zu Mehl verarbeiten und manchmal noch mehr.

Diese enorme Erhöhung der Leistung einer Mühle - eine Entwicklung, die auch vor kleineren Mühlen nicht halt machte, wo durch Umbauarbeiten der Durchsatz oft verdoppelt wurde - führte sehr schnell zu einem Überangebot an Mehl, was den Mehlpreis kontinuierlich sinken ließ und schließlich dazu führte, daß mittlerweile Großabnehmer zum Teil einen Preis für das Mehl zahlen, der unter dem Produktionspreis (Getreidepreis + Verarbeitungskosten + Transport) liegt. Das hatte zur Folge, daß viele, vor allem kleine Mühlen ihre Produktionsstätte stillegen mußten. Dieser Prozeß ist bei weitem noch nicht abgeschlossen, zumal die um sich greifende Monopolisierung des Bäckerhandwerks und damit der einsetzenden Zentralisation auch dieses Produktionszweiges einen erhöhten Mehlbedarf pro Großbäckerei nach sich zieht, den kleine und mittelständische Mühlen nicht aufbringen können. Das bedeutet aufs Ganze gesehen, so wie der kleine Privatbäcker aus dem Backhandwerk verschwindet, so werden auch kleinere Mühlen immer seltener das Landschaftsbild prägen. Noch vor einhundert Jahren waren die Flüsse reich bestückt mit Wassermühlen aller Art, und insbesondere im Norden galten die Windmühlen als ein typisches Wahrzeichen.

Die Tendenz des Werdegangs vom kleinen Handwerksbetrieb zum Mühlenkonzern, dessen Gründe hier nur kurz angerissen und keineswegs vollständig benannt wurden, beschäftigt uns in unserem Zusammenhang nun weniger von der Seite des wirtschaftlichen Aspekts her. Uns interessiert vielmehr, ob die oben beleuchtete Grundaussage des Müllerhandwerks, das in seinem Arbeitsprozeß die Polarität von Tod und Leben zum Ausdruck bringt und welche der Müller in seinem Tun unmittelbar erlebt, durch die Industrialisierung der Mühle verlorenging.

Zunächst wäre das prinzipiell zu verneinen, denn wenn sich auch durch rationellere Gestaltung der Mehlherstellung die Leistungsfähigkeit der einzelnen Mühlen wesentlich erhöht hat, so erfuhr dabei das technologische Verfahren des Mahlens keine Änderung. Das Mehl wird nach wie vor durch Zerkleinerung und anschließende Siebung gewonnen, auch wenn die Müllereimaschinen einer starken Umgestaltung unterlagen, um eine erhöhte Vermahlungsleistung und bessere Mehlqualität zu gewährleisten.

Was sich tatsächlich im Laufe der technischen Entwicklung der Mühlen sehr stark geändert hat, ist die Arbeitsweise des Müllers, insbesondere seine Stellung innerhalb des Produktionsprozesses. Ein erster einschneidender Wandel ergab sich beim Umbau der Rückschüttmühlen in sogenannte durchlaufende Mühlen. Bei letzteren sind so viele Walzenstühle und Siebmaschinen (Plansichter) vorhanden, daß die Zwischenprodukte (Schrot, Grieß, Dunst) sofort weiter verarbeitet werden können, das Getreide also in einem Durchgang bis zu den Endprodukten Mehl und Kleie vermahlen wird.

In Rückschüttmühlen, die meist nur ein Mahlsteinpaar oder einen Doppelwalzenstuhl (Walzenstuhl mit zwei Mahlgängen, das heißt, zwei Walzenpaaren) besaßen, wurden die Zwischenprodukte abgesackt, um sie danach dem Mahlgang noch einmal zuzuschütten oder später zeitweilig in Silozellen (in den alten Mühlen sprach man von Kisten) zwischengelagert, ehe sie weiterverarbeitet wurden. Bei einer solchen Produktionsweise war der Müller noch ein aktives Element bei der Vermahlung.

Nach der mechanischen Automatisierung der Mühle beschränkt sich die Arbeit des Müllers bei der Mehlherstellung auf das Starten und das richtige Einstellen der Mühle, sowie die Überwachung des Mahlverfahrens, um das gewünschte Ergebnis zu erzielen. Nur bei auftretenden Störungen greift der Müller noch direkt in den Arbeitsgang der Vermahlung ein und bringt so die Mühle wieder zum Laufen.

Die nächste Stufe der Entbindung des Müllers aus dem Vermahlungsprozeß war die Einführung der elektronischen Automatisierung in den Mühlen und in deren Folge der Einzug der Computertechnik.

Jetzt übernimmt in den modernen Mühlen der Computer die Steuerung und Überwachung, manchmal sogar die Einstellung der Maschinen. Der Müller steht nun völlig außerhalb des Arbeitsganges der Mehlgewinnung. Er gibt nur noch die Anweisungen in den Computer ein, wie der jeweilige Arbeitsauftrag zu erfüllen ist und startet das System. Selbst die Qualitätskontrolle kann bis zu einem gewissen Grad der Computer übernehmen. Der Müller wird nun im Geschehen der Vermahlung nur noch dann aktiv, wenn ihm die Überwachungsgeräte eine Störung signalisieren, die mit Hilfe der elektronischen Steuerung nicht zu beheben ist.

Damit hat sich die Arbeitsaufgabe des Müllers grundsätzlich geändert. Seine Tätigkeit ist nun nicht mehr vorrangig dadurch charakterisiert, daß er die Vermahlung des Getreides durchführt, sondern konzentriert sich auf die Vorbereitung des Getreides, insbesondere das Mischen der unterschiedlichen Getreidesorten zu einem qualitativ ausgewogenen und wirtschaftlich vertretbaren Ausgangsprodukt und der

Fertigstellung der Mehle für die Bäcker, indem das Mehl mit Backhilfsmitteln wie Ascorbinsäure, Malzmehl usw. angereichert wird oder sogenannte Backvormischungen (Mehle mit Zusätzen von Schrot, Saaten, Salz, Öl usw.) hergestellt werden.

Zusammengefaßt können wir sagen, der moderne Müller ist lediglich noch indirekt an der Vermahlung beteiligt. Er startet die Mühle, überprüft deren Einstellung, bestimmt die Produkte, die erzielt werden sollen (zum Beispiel neben Mehlen auch noch Dunst und Grieß), behebt eventuell auftretende Störungen und führt die Pflege und Wartung der Müllereimaschinen durch.

Daß der Müller tatsächlich aus dem unmittelbaren Arbeitsverfahren des Mahlens herausgelöst ist, zeigt sich daran, daß viele Mühlen, die mit Hilfe von Computern gesteuert werden, in der Nacht ohne Personal laufen.

Nun ist die Begründung durchaus richtig, daß dank der automatischen Steuerung eine Mühle wesentlich effektiver mahlt, weil die Personalkosten eingespart werden können, doch reicht dieses Argument allein nicht aus, um die Gründe einer solchen Entwicklung zu umreißen. Es erscheint vielmehr in einem anderen Zusammenhang in sich widersprüchlich, weil eben gerade die Menschen der Industrienationen in der erwerbstätigen Arbeit den eigentlichen Sinn des Lebens sehen, sie für den Einzelnen fast ausschließlich identitätsstiftend ist. (Das gilt übrigens auch für denjenigen, der arbeitslos ist, weil er in der Regel das Bestreben hat, wieder in den Bereich zu gelangen, den die Gesellschaft fast nur allein würdigt.) Zudem trägt jede Aussage, die von der Notwendigkeit einer beständig wachsenden Arbeitsproduktivität spricht, schon zynische Züge. Denn gerade die Vertreter, die eine stetig ansteigende Effektivität der Produktion für unabdingbar halten, sprechen oft genug im gleichen Atemzug die Arbeit des Menschen „heilig“, obwohl gerade die rationellere Gestaltung der Wirtschaft den Menschen aus der Produktion herauslöst und so die Zahl der Arbeitslosen wachsen läßt. (Zwar findet im Zuge der Rationalisierung der Produktion eine teilweise Umschichtung der frei werdenden Arbeiter in den Dienstleistungssektor statt, doch kann dieser Zweig die personellen Einsparungen keineswegs kompensieren.)

Außerdem sinkt die eigentlich zu erreichende Effektivität in ihrem Wirkungsgrad erheblich, weil die Gewinne, die aus diesen Maßnahmen gewonnen werden, nicht einmal proportional zum Investitionsaufwand steigen. Das kann man in der heutigen Mühlenindustrie sehr schön sehen. Die immer weiter fortschreitende Rationalisierung in diesem Produktionsbereich führte bisher zu einer unaufhaltsam scheinenden Senkung des Mehlpreises, was die erzielte Einsparung schon wieder weitgehend aufhob. (Wir sprachen ja schon davon, daß die Erhöhung der Leistungsfähigkeit der Mühlen eine Mehlproduktion möglich macht, die weit über dem Bedarf liegt. Die Folge ist ein forcierterer Konkurrenzkampf zwischen den einzelnen Mühlen).

Kurzum, es müssen also noch andere Gründe vorliegen für den Herauslösungsprozeß des Menschen aus der produktiven (bzw. in unserem Fall der handwerklichen) Arbeit, der manchmal sogar dem direkten persönlichen Willen zuwider läuft.

Betrachtet man das marktwirtschaftliche Geschehen aus der Distanz, so ist festzustellen, daß die Produktion von Verbrauchsgütern in nicht unerheblichem Maße Selbstzweck ist, denn ein großer Teil dieser Erzeugnisse wird von den Menschen nicht wirklich zum Leben gebraucht.

Daß die Wirtschaft einem Selbstzweck dient, der immer größeres Gewicht bekommt, wird allein schon daran deutlich, daß der Ablauf der Vorgänge in ihr von den Menschen immer weniger gelenkt werden kann. Auf der Leitungsebene haben wir heute beispielsweise keine wirtschaftliche Elite mehr, die das Gesamtgeschehen tatsächlich überschaut, sondern selbst in den Chefetagen großer Konzerne beobachtet man ein mehr oder weniger hilfloses Agieren. Äußerungen, deren sich auch gern die Politik bedient, wie zum Beispiel: „Der Markt wird das schon regeln!“, sprechen für sich; die sich häufenden Fehlinvestitionen in Milliardenhöhe sind ein weiterer Hinweis auf den fehlenden Überblick. Jedoch selbst hoch gestellte Manager, die es eigentlich wissen müssen, gestehen sich nur selten ein (und äußern es schon gar nicht in der Öffentlichkeit), daß sie gegenüber diesen weltweiten Vorgängen nur in sehr eingeschränktem Maße gezielt und vor allem erfolgversprechend handeln können.

Bei der Börse tritt diese relative Ohnmacht des Menschen gegenüber dem Lauf der Wirtschaft besonders klar zu Tage. Auch dort integriert er sich in einen institutionalisierten Prozeß, den er nur noch sehr bedingt steuern kann. Er ist den Mechanismen der Börse, die ihre eigenen Gesetze entwickelt hat, ausgeliefert. Längst sind die Aktienmärkte einem teilweisen Selbstlauf überlassen. Sinkt zum Beispiel der Aktienkurs oder der Wert der Währung, so benennen Experten zwar die Ursachen, die durchaus auch zutreffen, aber man kann auf solche Schwankungen nur in einem eng begrenzten Rahmen reagieren. Wirkt man mit bestimmten Maßnahmen entgegen (indem beispielsweise die Zinssätze verändert werden u.a.), so ist der Erfolg keineswegs garantiert, sondern es besteht lediglich eine mehr oder weniger hohe Wahrscheinlichkeit, daß der Kurs wieder den gewünschten Verlauf nimmt. Helfen sämtliche Bemühungen nicht, reicht es meist nur noch zu Beschwörungen, daß die jeweilige Talfahrt bald beendet sein wird.

Dieser Glaube zeigt, daß wir es bei der Börse mit einer Institution zu tun haben, die der Mensch nicht mehr vollständig beherrscht; er selbst wird vielmehr oft von ihr gesteuert, obwohl er diese Einrichtung mit seiner schöpferischen Ideenwelt entwickelt hat. Der Geistträger hat das Geschaffene demnach sozusagen vor sich hingestellt und läßt es für sich arbeiten, wozu eben auch gehört, daß es ihn in seine Funktions- und Arbeitsweise mit einbezieht.

Ähnliches kann nun auch über die Industrialisierung der Mühlen gesagt werden. Der Mensch stößt den Arbeitsprozeß, der in der Mühle abläuft, von sich ab und überläßt den Mahlvorgang von der Steuerung bis zur Ausführung den Maschinen. Er distanziert sich vom Ablauf, kommt mit ihm nicht mehr in unmittelbare Berührung und büßt somit das Erlebnis der eigentlich handwerklichen Tätigkeit des Müllers ein. Für den Müller in einer Industriemühle ist es viel schwerer, den Wesensgehalt seines Handwerks zu erfahren, der nach unserer Untersuchung in dem Wechselspiel von Tod und Leben zum Vorschein kommt.

Jedoch, mit dem wachsenden Abstand wird diese Aussage nicht vernichtet, sie gilt weiterhin für den Arbeitsprozeß der Mühle, nur wird der Müller damit nicht mehr direkt konfrontiert. Er spürt auch kaum noch einen Drang nach dem handwerklichen Erlebnis, ihm geht es mittlerweile in erster Linie darum, daß der Vorgang der Vermahlung stattfindet.

Gleiches läßt sich bei der Computertechnik herauskristallisieren. Ihre Entwicklung zielt auf eine „totale Speicherung aller Informationen". (Giegerich: „Das Begräbnis der Seele in die technische Zivilisation", in: „Eranos 1983", S. 256) Das bedeutet aber keineswegs, daß es dabei um eine angestrebte sogenannte Allwissenheit der Menschen geht, „wir werden ja eher noch unwissender durch den Computer, sondern einfach darum, daß Allwissenheit sei." (ebd.) Es ist demnach irrig zu meinen, die Computer wurden allein dazu geschaffen, um dem Menschen die Arbeit zu erleichtern. Auch die mit ihnen gewonnene Effektivität der Produktion würde nicht ihre ungeheure dynamische Weiterentwicklung erklären, die längst noch keinen Abschluß gefunden hat. „Das Motiv hinter dem Computer ist [vielmehr] ... die gewaltige Vision von der Wahrmachung Gottes im Fleisch als. ..sich selbst denkendes Denken [wie sie uns die christliche Religion überliefert hat], eines Denkens also, das völlig autonom und in sich geschlossen abläuft und völlig sich selbst genügt. Es ist auf nichts außer seiner selbst bezogen, hat keinen Gegenstand, wie das Denken des endlichen Menschen ihn unweigerlich hat.“ (ebd.)

Zudem möchte der Abendländer mit seiner Handlung den Schöpfer selbst repräsentieren. Er soll also nicht allein im autonom existierenden Geschaffenen Fleisch werden, sondern auch in der menschlichen Gestalt. Schließlich ist der Geistträger, ähnlich wie Gott, der ursprünglich schöpferisch Tätige, der den Selbstlauf des Maschinensystems und in immer stärkerem Maße auch der Wirtschaftsprozesse ja erst ermöglichte.

Der Mensch möchte Gott also gleich werden. Das darf ihm freilich nicht vollständig gelingen, weil er sonst keinen einzigen Gedanken mehr fassen könnte. (Letztere Behauptung soll an dieser Stelle unkommentiert im Raum stehen bleiben, weil sie eine sehr weit gehende Ausführung nach sich ziehen würde, sie ist aber angelehnt an den Gottesbegriff, wie ihn Bruno Liebrucks in seinem Werkkomplex „Sprache und Bewußtsein“ entwickelt hat.) Trotzdem gründen sich auf dieses Streben die gewaltigen technischen Fortschritte der abendländischen Menschheit. Sie sollen dem Menschen letztlich ermöglichen, daß er im Endergebnis, wie der christliche Gott, mit seinem Geschaffenen nichts mehr direkt zu tun hat. Die Notwendigkeit einer solchen Autonomie gegenüber dem selbst Entwickelten liegt in der Folge der unmittelbaren Berührung mit diesem begründet, denn sie würde ein wirkliches Bewußtwerden (ein bewußtes Betrachten) der vollzogenen Leistung weitgehend verhindern. Aber gerade die vom Vorgang der Fertigstellung freie Beobachtung des Herstellungsprozesses ermöglicht eine wirksamere Weiterentwicklung, als es bei der direkten praktischen Auseinandersetzung möglich wäre.

Es besteht demnach eine wechselseitige Bedingtheit zwischen der Entwicklung des Geistes, wie sie sich im Abendland und später auch in

Amerika vollzog, und der dort stattfindenden Industrialisierung, das heißt Automatisierung der Produktion, die ihrerseits eine immer weitere Ausscheidung des Menschen aus der Produktion gewährleistet, was die Möglichkeit schafft, deren Vorgänge intensiver zu beobachten, zu analysieren und damit weiter zu vervollkommnen.

Diese beiden Veranlassungen, die Entwicklung der Computertechnik immer weiter zu beschleunigen (Schaffung eines sich selbst genügenden Automatismus, den der Mensch dann aus einer „göttlichen" Perspektive betrachten kann), können wir nun auch auf den Sachverhalt der Herauslösung des Müllers aus dem Vermahlungsprozeß in der Mühle anwenden.

Ergebnis der in den letzten Jahrhunderten geschehenen Entwicklungen ist das sich selbst genügende technologische Verfahren, in dessen Produktionsablauf der Müller zum großen Teil nur noch als der seine (bzw. die von vielen Menschen geschaffene) Schöpfung Beobachtende auftritt. Somit kann er die Grundaussage der Arbeit in der Mühle nicht mehr erleben, sondern nur noch gewahren, zur Kenntnis nehmen.

Die gegenwärtige Praxis zeigt, daß ihm das noch nicht geglückt ist, daß er vielmehr gar kein Bestreben hat, diese menschliche Fähigkeit auszunutzen. Das liegt vor allem daran, daß er immer noch am Geschehen haftet. Er reflektiert sein Tun nicht, wie es in einem ersten Schritt in diesem Buch getan wird.

Das, obwohl angestrebte, jedoch trotz der günstigen Bedingung in aller Konsequenz nicht durchgeführte reflektierende Betrachten des Gesamtvorganges ist kein spezielles Problem der Mühlenindustrie, sondern in vielen Industriezweigen festzustellen, deren menschliches Eingreifen in die Arbeit sich ebenfalls mehr zu einer kontrollierenden Funktion entwickelt hat. Die in diesen Bereichen tätigen Menschen führen ihre Arbeit, auf den Prozeß insgesamt bezogen, unbewußt aus. Das wird besonders in solchen Auffassungen deutlich, die dort Beschäftigten würden hauptsächlich für ihre individuelle Existenzsicherung arbeiten. Eine derartige Ansicht läßt aber außer acht, daß die Industrie einen Wohlstand produziert, der in diesem Umfang weder zur ausreichenden Versorgung der Menschen eines Landes oder gar der ganzen Welt nötig wäre, noch eine wirkliche Steigerung der Lebensqualität bewirkt. Vielmehr dokumentiert das Ergebnis der Produktion, der materielle Reichtum, noch einmal den Grad des Selbstzweckes der Arbeit, denn gerade viele Konsumgüter der Industrieproduktion sollen jene Hohlheit überdecken (künstlich ausfüllen), die die unreflektierte und damit sinnlos erscheinende Tätigkeit erzeugt.

Dem Menschen der Wohlstandsgesellschaft offenbart sich die Leere des geschaffenen Luxus in zwei Formen. Als erstes in Form der Langeweile (eine wahrhaft göttliche Eigenschaft), die viele zeitentbundene Zivilisationsmenschen erfahren, wenn sie nicht im Arbeitsprozeß stehen. Zum zweiten offenbart sie sich in einem fehlenden Lebenssinn, der trotz mannigfaltiger Suche einfach nicht zu Tage tritt. Beide den Menschen unangenehm berührende Gegebenheiten versucht dieser durch eine Unzahl verschiedenartiger Ablenkungen zu verdrängen. Dabei helfen ihm nicht nur die Unmassen an Waren, mit denen er überschüttet wird, sondern auch solche Institutionen, die in der Medienindustrie zu finden sind, sorgen für seinen unbelasteten Zeitvertreib.

Wir können also feststellen, der im Industriezeitalter Lebende hat bisher keineswegs den Widerspruch seiner produktiven Tätigkeit durchschaut, teilweise etwas zu erzeugen, was nicht unbedingt einen wirklichen Gebrauchswert hat, sondern lediglich seiner Herstellung wegen produziert wird.

Daß ihm das bisher nicht bewußt wurde, liegt vor allem daran, daß er versucht, die Technik ins Unbewußte zu verbannen. Das begann schon im Zeitalter der Aufklärung, als die Naturwissenschaften, die die technische Entwicklung begründen, aus der christlichen Religion, und damit aus einem wesentlichen Erlebnisbereich des abendländischen Menschen, ausgeschlossen wurden. (Das ist aber nicht allein eine Tat der Aufklärer, sondern auch die Kirche mit ihrer theologischen Elite verweigerte lange einen Einfluß neuer wissenschaftlicher Erkenntnisse in der Auseinandersetzung mit ihrer Religion. Mit diesem Verhalten dokumentierte sie selbst, daß die überkommene Form des religiösen Erlebnisses keine wirksame Bedeutung mehr hat für die Menschen einer Gesellschaft, die auf den wissenschaftlich-technischen Errungenschaften fußt.)

In der heutigen Zeit gewahren wir das Bemühen, die Technik in den Bereich des Unbewußten abzuschieben, bei der Ächtung bestimmter technischer Fortschritte, insbesondere da, wo ihre zerstörerische Fähigkeit erkannt wurde, die auch die Vernichtung der ganzen Menschheit mit beinhalten könnte. Das führt jedoch keineswegs zu einer wirksamen Einschränkung dieser Entwicklung, vielmehr wird die Forschung auch auf diesem Feld mit unverminderter Intensität und wachsendem Erfolg weitergeführt.

Der Zivilisationsmensch des Abendlandes lebt also in Bezug auf einen nicht unerheblichen Teil seiner technisch-praktischen Errungenschaften in einer Neurose.

Das zeigt sich auch daran, daß er eigentlich in zwei Zeitebenen lebt, nämlich der der Arbeit und der der Freizeit. Betrachten wir die menschliche Verhaltensweise in jedem dieser Daseinsgebiete, so scheint es uns oft, als stünden sich beide konträr gegenüber. In der Werktagsarbeit zum Beispiel ist der Mensch Knecht der technischen Produktion. Indessen in der Freizeit spricht er sich von der Arbeit los und strebt eine weitgehende individuelle Freiheit an.

„Wir leben [also] zweigleisig. Wir geben Unsummen für 'Kultur' aus (Theater, Museen, Restaurierungen, Konzerte, Antiquitäten), und zu keiner Zeit vorher war es einer so breiten Öffentlichkeit möglich wie heute, die Kunst- und Kulturschätze von Jahrtausenden in Original und farbentreuer Abbildung nach Belieben zu sehen, die Literatur, Märchen und Mythen zu lesen und an dem ungeheuer reichen Wissensschatz über Religionen, Symbole und Rituale teilzuhaben. Aber all das geht, um Lichtenberg zu zitieren, durch uns hindurch wie die magnetische Materie durch Gold, ohne uns eine Richtung zu geben und unsre Wirklichkeit zu verändern. Es gehört eben alles in die Abteilung 'Freizeit', die als 'freie', losgelöste Zeit unverbindlich neben der Abteilung Arbeit oder Wirklichkeit herläuft. Das ganze Freizeitstreben der Moderne in seinen vielfältigen politischen, sozialen, geistigen und individuellpsychologischen Ausprägungen ist seinerseits von dem Drang getrieben, das Menschsein in die Absolutheit und Abstraktheit des 'Sonntag' (den entscheidungsfreien Raum des Ichbewußtseins) zu überführen." (ebd., S. 268f.)

Jedoch es „ist dringend, daß wir erkennen und anerkennen, daß 'der Mensch' (Humanismus), die Freiheit, das Individuum und die Innerlichkeit die Unwahrheit des Abendlandes sind ... Die abendländische Wahrheit ist das Gegenteil ... : sie ist Inkarnation, Bewegung hinein in die äußere Wirklichkeit als die Manifestation der objektiven Psyche. Das Abendland hat als Gesamtkultur gerade keine überzeugenden individuellen und innerlichen Wahrheiten hervorgebracht, sondern seine Bewegung ist überwiegend die gewaltige Verlagerung hin zu immer größeren kollektiven, objektiv-realen, autonom-anonymen Strukturen:

Physik, Technologie, Industrie, multinationale Konzerne, Ware und Konsum und Werbung, Bürokratie, Statistik. Das ist die Richtung der abendländischen Libido, und da ist unsere Wahrheit, unser Sinn ... “ (ebd., S. 269)

Dies hat der Zivilisationsmensch bisher noch nicht begriffen. Deswegen lebt er in zwei Identitäten.

Am Beispiel der Werbung läßt sich diese Spaltung sehr gut aufzeigen. Wir fühlen uns über sie „erhaben, obwohl sie doch eine unserer Lebensgrundlagen ist und wir sie alle mitfinanzieren. Wir machen die Werbesprüche lächerlich, als ob sie ein Nichts und Unfug wären. Aber die Werbung als Gesamtphänomen spricht ganz unschuldig einfach nur das aus, was ist, das wahre Sein der Dinge heute. Nicht die Werbung macht uns etwas vor (aufs ganze gesehen), sondern wir tun es, indem wir uns dünkelhaft über sie, die doch unsere Wirklichkeit ist, erheben.“ (ebd., S. 269f.)

Das bedeutet allgemein formuliert, heute weiß die eine Identität des Gegenwartsmenschen meist nichts von der anderen, so daß er seine Existenz in einer inneren wie äußeren Zerrissenheit erlebt. Er ist einerseits der total freie „Herr über alle Dinge und niemand untertan (‘Sonntag’, Gedankenfreiheit, Freizeit, freier Bürger) und“ andererseits ein total „dienstbarer Knecht aller Dinge und jedermann untertan (Fließbandarbeiter, manipuliert, ausgebeutet, von Sachzwängen und atomarer Rüstung bedroht, von Militärdiktaturen geknechtet). Je mehr Freiheit der Logos haben will, desto geknechteter muß die fleischliche Knechtsgestalt werden.“ (ebd., S. 270f.)

Sind diese eben gemachten Gedankengänge auch in der Mühlenindustrie aufweisbar?

Wir vermuteten am Anfang des Kapitels, daß durch die Industrialisierung der Mühlen das eigentliche Handwerk verschwindet, weil der Müller „keine Hand mehr anlegt“, um das Mehl zu gewinnen. Wenn nun aber der Müller von den Vorgängen der Vermahlung weitgehend losgelöst ist, bedeutet das nicht, daß er mit dem Prozeß nichts mehr zu tun hat. Er ist weiterhin mit ihm verbunden, jedoch nicht mehr unmittelbar. Er überläßt die Mehlerzeugung den Maschinen, die die (im christlichen Sinne verstandene) „Fleischwerdung“ seiner geistigen Schöpferkraft darstellen und die er nun aus einer gottähnlichen Position (in Einsamkeit und Kälte) beobachtet (kontrolliert).

Jedoch, indem er sich von der Ausführung des Verfahrens distanziert, tritt er zugleich in die absolute Abhängigkeit der Technik. Er verläßt sich nicht nur auf sie, sondern ist ihr zudem auf Gedeih und Verderb ausgeliefert; ohne sie könnte er das gewünschte Endergebnis nicht mehr (zumindest nicht so ohne weiteres) erzielen.

Wir sprachen davon, daß der Mensch in den modernen Industriestaaten gegenüber vielen seiner technischen Errungenschaften in einer Neurose lebt. Sie gilt es aufzulösen, ansonsten offenbart sich ihm nicht der wahrhaftige Sinn seiner heutigen Existenz, und außerdem, das beweist die tatsächlich vorherrschende Situation, besteht so immer die Gefahr bzw. die hohe Wahrscheinlichkeit, daß die Menschheit sich mit Hilfe der Technik selbst vernichtet.

Der Mensch des industriellen Zeitalters muß sich zu allererst bewußt werden, daß er seinen ganzen Daseinssinn in die sogenannte Äußerlichkeit gelegt hat (Maschinen, Produktionsprozesse, wirtschaftliches System mit seinem politischen und gesellschaftlichen Rahmen), mit all den nun für ihn zum Teil auch unkontrollierbaren Folgen. Eine bloße Verdammung dieses Sachverhaltes, weil er vielleicht unseren persönlichen Wunschvorstellungen nicht entspricht, bedeutet lediglich eine Verdrängung und verhindert eine ernsthafte Auseinandersetzung mit ihm.

Die Konsequenz einer solchen Abwehrhaltung wäre, daß der Mensch in jener Ohnmachtstellung verbliebe, in der er sich heute gegenüber seinen neuesten Errungenschaften, wie beispielsweise der Gentechnologie, befindet. Er versucht dann mit moralischen Appellen (also ausschließlichen Sollensforderungen), negative Auswirkungen des Fortschritts einzudämmen, was freilich erfolglos bleibt, weil ein solches Vorgehen keineswegs das Gesamtphänomen erfaßt und deshalb jede Reaktion darauf der vorherrschenden Situation nicht gerecht werden kann.

Der Geistträger hat im Laufe seiner Entwicklung gelernt, die Natur mit Hilfe von technischen Mitteln zu behandeln. Diese Fähigkeit hat er mittlerweile so weit vervollkommnet, daß nun das Erfordernis besteht, den erreichten Bewußtseinsstand selbst zu reflektieren, um zu begreifen, warum sich die Technik und die vom Menschen veränderte Natur zum Teil „gegen ihn wendet“. Dies wurde freilich auch in der Vergangenheit bis zu einem bestimmten Grad schon getan, denn darauf gründet sich unter anderem der explosionsartige Fortschritt in den letzten

Jahrhunderten. Aber diese Bewußtseinstätigkeit konzentrierte sich vornehmlich auf eine technisch-praktische Verwirklichung der bis dahin gewonnenen Erkenntnisse und klammerte den Menschen als den Denkenden und Ausführenden im Großen und Ganzen aus. So bemerkte der Geistträger auf dieser Bewußtseinsstufe im allgemeinen nicht, daß er mit seiner Handlungsweise die lebendige Welt tötet. Schließlich vollzog sich der Vorgang einerseits ganz allmählich und andererseits wurde die verlorengegangene Lebenswelt durch eine künstliche ersetzt, die allerdings als eine relativ leblose Gegenstandswelt erscheint. In dieser Situation befinden wir uns heute immer noch weitgehend.

Seit jedoch der Mensch gewahrt, daß er durch die Zerstörung seiner Umwelt die eigene Existenz aufs Spiel setzt, kristallisiert sich mit der Zeit die Forderung heraus, daß er sich selbst als den Denkenden mit in seine Analyse der gegenwärtigen Lage hineinnehmen muß. Die geistigen Anstrengungen dürfen demnach nicht mehr allein darum kreisen, was der Mensch von seinem Wissen im praktischen Dasein verwirklichen kann, sondern er muß sich mit dem gleichen intensiven Bemühen bewußt werden, welche Auswirkungen die neuen technischen Möglichkeiten auf ihn und seine Welt haben und in welcher Weise er darauf antworten kann.

Daß der Mensch eine Antwort auf das auf ihn zukommende Geschehen geben muß, zeigt, daß in einem solchen Denken der Widerspruch zwischen praktischer Verwirklichung der Forschungen und dem lebendigen Umgang mit neu Erschaffenem keineswegs aufgehoben wird, aber in dem Augenblick, wo dieses Mißverhältnis zur wirklichen Erkenntnis gelangt, eröffnen sich Wege für eine Lösung, die meist zunächst unreflektiert betreten werden. Ein immer noch aktuelles Beispiel dafür ist der Umgang mit dem atomaren Rüstungspotential. Die Vernichtung der Städte Hiroshima und Nagasaki hat der Menschheit bewußt gemacht, welche Zerstörungskraft sie mit der Atombombe geschaffen hat. Mit ihr bestand plötzlich eine akute Gefahr für das menschliche Leben insgesamt. Diese Einsicht führte dazu, daß deren Anwendung nur noch in einem rein geistigen Sinne erwogen wurde. Zu einem praktischen Einsatz ist es nach den ersten beiden Abwürfen nicht mehr gekommen. Doch wurde bisher erst ein Grad der Erkenntnis der Bedrohung der Weltbevölkerung durch die Existenz der Atombombe erlangt, der lediglich zu einer unmittelbaren Abwendung der Gefahr führte. Eine wirkliche, auf tiefgründiger Einsicht fußende Abrüstung hat es nicht gegeben. Zwar wurde auf breiter Basis gegen Krieg und Wettrüsten demonstriert oder Friedensgebete abgehalten, jedoch dokumentieren diese Aktionen nicht ein Wissen, das zum Beispiel die Grundlage kennt, die den Bau einer solch vernichtenden Waffe ermöglicht, sondern zeigen eine Ohnmacht gegenüber einer wohl mehr instinktiv zu Bewußtsein kommenden Gefährdung des persönlichen Lebens.

In ähnlicher Weise zeigt sich das auch beim Kampf der Umweltschützer. Auch sie nehmen allein das bloße Faktum der Zerstörung der natürlichen Welt zur Kenntnis und fragen nicht im umfassenden Sinne nach den Veranlassungen dafür. Sonst würden sie bemerken, daß es nicht genügt, in einer individuell bleibenden Reaktion ein andersgeartetes Verhalten zu entwickeln, um sich persönlich von einer Art Sünde des Menschen zu reinigen. Vielmehr sollte mittlerweile das sogenannte ökologische Denken erfahren haben, daß eine solche Antwort die Machtlosigkeit dieser Art Problembewältigung eher deutlich macht, als daß es die weiter fortgesetzte Zerstörung verhindern könnte. Letzteres beweist, daß die Umweltschützer nicht zum Grund dieses weltweiten Tötungsprozesses vorgedrungen sind. Ihre Moralität gelangt nicht bis zur Erkenntnis, daß es ein, fast möchte man sagen, natürliches Stadium der Bewußtseinsentwicklung ist, die den Menschen dazu drängt, die Welt nach seinen Vorstellungen (seinem Ebenbild) zu gestalten (genauso wie Gott den Menschen nach seinem Bild schuf) und so das, was er Natur nennt, verändern (töten) muß, eben weil er sich durch seine Entwicklung des Geistes in ihr nicht mehr findet.

Damit ist die Menschheit wohl in eine Sackgasse geschlittert, denn wenn sie, wie bereits erwähnt, die um sich aufgebaute Gegenstandswelt ebenso wie die behandelbare Natur als leblos empfindet, also als das Andere, das fremd erscheint, dann ist ja die Eliminierung der natürlichen Welt unnötig. Aber gerade die vom Menschen erschaffene künstliche Umwelt, die während und nach den Schöpfungsakten eine Eigenständigkeit gewann und die der Geistträger betrachten kann, bietet die Möglichkeit, auf diesem Umweg zu gewahren, daß die Welt nicht nur das schlechthin Andere ist, sondern das Andere unserer selbst. Somit wäre die Grundlage geschaffen für die weitere Schlußfolgerung, daß jede Welt, mit der wir konfrontiert werden, egal wie sie beschaffen ist, in Wahrheit ein „Produkt“ unseres Weltumganges, also unserer Bewußtseinstätigkeit ist. Das ist aber nicht als plumper Idealismus zu verstehen, in der Art, das Bewußtsein würde die faktische Außenwelt erst aufbauen, sondern als logische Erkenntnis, daß der Mensch die Welt nur bewußt, Hegel würde sagen als anundfürsichseiend, erfährt.

Gelangt die Menschheit bis zu dieser Einsicht, so wird sie schon allein durch das Denken begreifen, daß sie mit der Zerstörung der Lebenswelt auch sich selbst vernichtet; dann benötigt sie nicht mehr erst die sichtbare Entsprechung als Beweis.

Voraussetzung dafür wäre, daß der Mensch nicht nur mit dem anderen Menschen, sondern mit der gesamten Welt wieder in Kommunikation tritt (das heißt, seine derzeitige Sprachlosigkeit überwindet). Denn mit dem menschlichen Vermögen der Sprache erfährt das Individuum direkt, daß es als bewußte Person nur existiert, wenn es von einem anderen Individuum oder der Welt als das Andere anerkannt wird.

„Ich findet sich nur als das von der Person des Anderen gesetzte Ich. Ich bin Ich, solange die Gesellschaft mir dieses Ich da schenkt ... Die Person kommt [also] weder als abstrakt individuelle noch als wesenhaft, eidetisch allgemeine zum Dasein, sondern dort, wo sie an mir vom Anderen - dieses Andere kann Mensch oder Ding sein - erkannt wird.“ (Liebrucks: „Sprache und Bewußtsein“ - Band 6/3, S. 589)

Nach diesen weitschweifenden Gedankengängen können wir nun zur Mühlenindustrie zurückkehren und die Frage beantworten, ob das Müllerhandwerk im Sterben liegt.

Es wurde festgestellt, daß der Müller heute weitgehend aus dem Vermahlungsprozeß herausgelöst ist. Diese Arbeit überläßt er den Müllereimaschinen. In den modernen Mühlen hat der Müller seine ursprünglich handwerkliche Tätigkeit demnach mehr oder weniger in den Geist aufgenommen. In ihm wird der Prozeß rekapituliert. Dieser Müller greift nur noch ins Geschehen ein, wenn die Überwachungsgeräte eine Störung signalisieren.

Wir sehen an letzterem, daß die Vergeistigung des Arbeitsvorganges hier immer noch auf sehr unmittelbare Weise geschieht, der Loslösungsprozeß noch keineswegs vollendet ist. Jedoch wird sich die Entwicklung der Mühlenindustrie weiter in diese Richtung bewegen.

Das führt aber nicht dazu, daß der Müller mit seinem handwerklichen Wissen eines Tages nicht mehr gebraucht wird, denn man kann nur etwas geistig verarbeiten, was man auch begreift, also gelernt hat. (Die wilden Utopien einer völlig automatisierten Maschinenwelt, die sich vollständig von der Abhängigkeit ihres Schöpfers befreit hat, sind nicht nur unmenschlich, sondern schlichtweg sinnlos und können nur in einem solchen Kopf wachsen, der das Geschehen unreflektiert wahrnimmt und damit logischerweise in einseitige Deutungen der vorherrschenden Situation fallen muß.)

Und hier eröffnet sich tatsächlich eine Gefahr für die Mühlenindustrie, die in der gegenwärtigen Praxis schon spürbar ist. Wird nämlich der wirkliche Sinn der Automatisierung bzw. Industrialisierung nicht erkannt, ist eine dem Entwicklungsstand entsprechende Einsicht, welchen Platz der Müller bei der industriellen Gewinnung von Mehlen einnimmt, unmöglich. Da dank der Rationalisierung der Mühlen immer weniger Müller für die Mehlherstellung benötigt werden, verliert er bei oberflächlicher Betrachtung immer mehr an Wert in diesem Prozeß.

Der allgemeingültige Wert, den der Einzelne in der heutigen Gesellschaft besitzt, richtet sich in erster Linie nach seinem Verdienst. Das liegt vor allem daran, daß der Staat in seiner Aktivität sehr stark auf die finanziellen Einnahmequellen ausgerichtet ist (wie eben jeder einzelne Bürger in ihm auch) und so der Steuerzahler eine besondere Aufmerksamkeit erfährt. Bemühen wir einen solchen Maßstab für die Bewertung des Stellenwertes eines Müllers, so ist festzustellen, daß er beispielsweise im Durchschnitt wesentlich weniger verdient als derjenige, der das Mehl verkauft. Das ist ein Mißverhältnis, selbst wenn wir beachten, daß der Dienstleistungsbereich im allgemeinen, zu dem der Verkauf von Mehl und die Betreuung der Bäcker durch den betrieblichen Vertreter der Mühle gehört, durch ein Überangebot an Produkten eine immer größere Bedeutung gewinnt. Doch wenn sie ihr Fundament, die Produktion, untergräbt, und die oft krassen Unterschiede der Entlohnung zwischen beiden betrieblichen Zweigen sind ein deutliches Zeichen dafür, dann büßt die Dienstleistung auf Dauer ihre Qualität ein. Tendenzen in dieser Richtung sind in vielen Industriezweigen schon zu bemerken.

Eine Folge der sinkenden Achtung der müllerischen Tätigkeit in der Mühlenindustrie ist das Fehlen des Müllernachwuchses, der den gewachsenen Anforderungen qualitativ genügt. Das liegt freilich auch daran, daß die sozialen Leistungen in diesem Berufszweig zu einem großen Teil den Ansprüchen einer Industriegesellschaft nicht gerecht werden. Gerade im mittelständischen Sektor wird noch keineswegs vollständig begriffen, daß sich heute der Charakter seiner Produktion in vielen Fällen kaum noch von der der Industrieherstellung unterscheidet.

Auch die wachsende Umsatzleistung im Verhältnis zum Arbeitskräftebestand des Betriebes verbietet eine allzu schroffe Trennung von der Industrie. So müßten sich ebenso die sozialen Leistungen angleichen. Geschieht das nicht, wird sich zum Beispiel der momentan vorherrschende Personalmangel im Handwerk auch langfristig nicht beseitigen lassen. Der Mittelstand darf sich nicht mehr in eine der Vergangenheit angehörende marktwirtschaftliche Auslegung flüchten, die noch nicht erfahren hat, daß die Wirtschaft zwar die sozialen Leistungen ermöglicht, aber umgekehrt dieser Wohlstand auf Dauer auch die Wirtschaftskraft sichert. Das bedeutet, nur wenn dieses Wechselverhältnis funktioniert, kann ein Wachstum der Produktion sichergestellt werden.

Aber das ist nur ein Erweis, daß in der Mühlenindustrie der Sinn und die Konsequenzen der Industrialisierung noch nicht durchschaut wurden.

Besonders deutlich wird es noch bei der Werbung für Mehlerzeugnisse. Diese klammert bewußt die Entwicklung der Mühlen zur Industrieproduktion aus und gibt sich den Anschein, als würde das Mehl noch hergestellt wie zu „Großmutters Zeiten". Der Widersinn wird besonders deutlich, wenn durch diese Lüge der Anschein erweckt werden soll, daß früher eine bessere Qualität erzeugt wurde, obwohl, um nur ein Beispiel zu nennen, die hygienischen Voraussetzungen (man denke nur an die Keimzahl des Mehles) heute wesentlich besser sind als noch vor Jahrzehnten. Produzenten und Konsumenten verleugnen hier bewußt eine Entwicklung, die sie in allen anderen Industriezweigen (mit Ausnahme vieler Lebensmittelbereiche) offen aussprechen, weil sie sie dort befürworten. In diesen sorgen Wissenschaft und Technik für immer bessere (leistungsstärkere, haltbarere usw.)Waren und das wird in der Werbung in einseitiger Verherrlichung, mit sich ständig steigernden Superlativen, deutlich gemacht. (Das Auto in der Werbung wird beispielsweise immer schneller, sicherer, komfortabler usw.) Diese Form der Aussage wird letztlich ebenfalls bei der Werbung von Erzeugnissen der Lebensmittelindustrie angestrebt, jedoch soll bei ihr in erster Linie die Reinheit des jeweiligen Produktes gepriesen werden, wobei man sich oft einer sentimentalen Auffassung von einer sogenannten unschuldigen (unberührten) Natur bedient.

Wir können nun abschließend zusammenfassen, daß das Müllerhandwerk durch die Industrialisierung der Mehlproduktion nicht verschwindet, sondern die Stellung des Müllers in den Arbeitsvorgängen einen Wandel erfuhr, der den Charakter der müllerischen Tätigkeit stark veränderte. Der Müller ist zu einem nicht unerheblichen Teil zu einem Betrachter seiner schöpferischen Schaffenskraft geworden. Somit wird auch in den Mühlen die Tendenz sichtbar, die die Menschheitsentwicklung im allgemeinen einschlägt. Da eben dieser Werdegang nicht nur bei den Mühlen stattfindet, sondern in vielen anderen Industriezweigen auch, spielt die Mühle in der Gegenwart nicht mehr diese besondere Rolle, wie wir das in der Vergangenheit feststellen konnten.

Eine Gefahr für das Müllerhandwerk besteht jedoch darin, daß man dem Müller verwehrt, die neue Arbeitsmethode als ausgebildeter Müller auszuführen. Dann würde der ablaufende Prozeß in der Mühle, den der Müller heute aus einer anderen Perspektive erblickt, als er das bei der unmittelbaren handwerklichen Tätigkeit tat, sinnlos und erführe wohl eine wie auch immer geartete Selbstaufhebung.

Literaturnachweis

Bachofen, Johann Jakob: „Versuch über die Gräbersymbolik der Alten“, Benno Schwabe Verlag, Basel 1954

– „Das Mutterrecht“, Suhrkamp Verlag, Frankfurt am Main 1975

Brêzan, Jurij: „Die schwarze Mühle“, Ernst Klett Verlag, Stuttgart 1995

Cioran, E. M.: „Die verfehlte Schöpfung“, Suhrkamp Verlag, Frankfurt am Main 1979

Ehrhardt, Marie-Luise: „Die Krabat-Sage - Quellenkundliche Untersuchung zu Überlieferung und Wirkung eines literarischen Stoffes aus der Lausitz“. N. G. Elwert Verlag, Marburg 1982

– „Meister Krabat - ein Zauberer in Volksüberlieferung und Jugendliteratur“ in „Schamanentum und Zaubermärchen“, Röth Verlag, Kassel 1986

Eliade, Mircea: „Schmiede und Alchimisten“, Herder Verlag, Freiburg im Breisgau 1992

Findeisen, Hans / Gehrts Heino: „Die Schamanen - Jagdhelfer und Ratgeber, Seelenfahrer, Künder und Heiler“, Diederichs Verlag, Köln 1983

Gehrts, Heino: „Von der Wirklichkeit der Märchen“, Röth Verlag, Regensburg 1992

Giegerich, Wolfgang: „Das Begräbnis der Seele in die technische Zivilisation“, in: „Eranos 1983“, Insel Verlag, Frankfurt am Main 1984

– „Das Bewußtsein, der zweite Schöpfer der Welt“: in „Eranos 1986“, Insel Verlag, Frankfurt am Main 1988

– „Die Atombombe als seelische Wirklichkeit“, Schweizer Spiegel Verlag, Basel 1988

Gleisberg, Hermann: „Das kleine Mühlenbuch“, Sachsenverlag, Dresden 1956

Herzberg, Heinrich: „Die Mühle zwischen Religion und Aberglauben“, Verlag für Bauwesen, Berlin 1994

Klages, Ludwig: „Rhythmen und Runen“, Barth Verlag, Leipzig 1944
–„Der Geist als Widersacher der Seele“, Bouvier Verlag, Bonn 1981

Kovàcs, Àgnes: „Schamanistisches im ungarischen Volksmärchen“, in: „Schamanentum und Zaubermärchen“, Röth Verlag, Kassel 1986

Liebrucks, Bruno: „Sprache und Bewußtsein - Band 6/2“, Lang Verlag, Frankfurt am Main und Bern 1974
– „Sprache und Bewußtsein - Band 6/3“, Lang Verlag, Frankfurt am Main und Bern 1974

Meyer, Elard Hugo: „Mythologie der Germanen“, Trübner Verlag, Straßburg 1903

Möhlenkamp, Andreas: „Die Mühle in Märchen und Recht“, in: „Zaubermärchen - Forschungsberichte aus der Welt der Märchen“, Diederichs Verlag, München 1998

Müller, Werner: „Glauben und Denken der Sioux“, Reimer Verlag, Berlin 1970

Nagy, Ilona: „Schamanismus in den ungarischen Glaubenssagen“, in: „Schamanentum und Zaubermärchen“, Röth Verlag, Kassel 1986

Preußler, Otfried: „Krabat“ - Schulausgabe mit Materialien, Thienemann Verlag, Stuttgart, Wien, Bern 1988

Ptuschkina, Galina Jefimowna: „Rund um die Mühle“, VEB Verlag, Leipzig 1983

Zelger, Renate: „Teufelsverträge im Märchen - ‘Der Müller ist des Teufels Lust’“, in: „Zaubermärchen - Forschungsberichte aus der Welt der Märchen“, Diederichs Verlag, München 1998

Inhalt

Heiko Fritz

im Igel Verlag *Literaturwissenschaft*

Apokalypse. An die Jugend.
Br. 112 S., 14,- Euro, ISBN 978-3-89621-115-6.

Vom Wesen der Keuschheit. Eine Deutung mit Bezug auf Schriften von Ludwig Klages und Alfred Schuler.
Br. 94 S., 19,- Euro, ISBN 978-3-89621-109-5.

Was von der DDR bleibt oder: Die produzierte Geschichte. Mit Blick auf das Filmwerk K. Kieslowskis.
Br. 140 S., 18,- Euro; 27,80 sF. ISBN 978-3-89621-178-1.

zuletzt erschienen:

Märchenhaft Vermischtes. Aufsätze und Aphorismen. Mit einer neuen Studie über die Krabat-Sage.
Br., 169 S., 18,- Euro, ISBN 978-3-86815-001-8.